沉浸式敘事法

以**故事**為中心，創造**實體**與**虛擬體驗**的**作家指南**

史考特·特羅布里吉———專文推薦
Scott Trowbridge, 迪士尼幻想工程創意執行部長

瑪格麗特·凱瑞森———著
Margaret Kerrison

IMMERSIVE STORYTELLING
FOR REAL AND IMAGINED WORLDS

我開始在華特迪士尼幻想工程團隊時，有關業務的所有事情幾乎都照慣例以口頭傳達。那是四十年前的事了。瑪格麗特‧凱瑞森以這本書《沉浸式敘事法》打造開放資源。書中匯集公共智慧、經驗和真實世界的例子，揭示職業的價值。讓你沉浸其中。

——喬‧羅德（Joe Rohde），華特迪士尼幻想工程資深執行長

瑪格麗特邀請每位作家或想成為作家的人，從360度有利位置考慮世界的創建。她也敢於個人化。瑪格麗特的信念是，如果處理得當，個人可具有普遍性，並邀請我們所有人，無論你的種族、國籍或性別，去探討說這些故事的重要性。

——Shelby Jiggetts-Tivony，迪士尼現場娛樂創意與高階開發副總裁

在主題環境中，沉浸式敘事是一個不斷演變、由觀眾驅動、並以戲劇為重心的媒介，但一直缺乏實務及對話性的剖析。至今亦然。本書中，瑪格麗特‧凱瑞森闡述所謂逃避現實的藝術，充分說明我們的娛樂體驗將不斷模糊說故事人和故事參與者之間的界線。進入故事裡，不僅僅是逃避；而是我們理解周圍世界的方式。

——Todd Martens，《洛杉磯時報》主題樂園記者

瑪格麗特‧凱瑞森的這本「指南」是我看過探討下一世代敘事的第一本也是解說最清楚的一本書。既是給好奇者的綜合論述，也是給專業人士的說明書。本身就是說得很好的故事。

——Danny Bilson，南加州大學互動媒體與遊戲部主席

做為說故事人、專家、同時也是有色人種女性，瑪格麗特・凱瑞森的聲音對這個行業至為重要。她的故事已變身成史詩般的園區景觀、以及跨越星系、時代和類型、情感豐富深刻的體驗。而那樣創建世界的功力都在這裡垂手可得。請好好使用！

——Amber Samdahl，華特迪士尼幻想工程前執行創意總監

窺看幕後經常使幕後一切見光死，毀掉所有魔法。令人興奮地，《沉浸式敘事法》是罕見的例外，書中結合深刻見解、引導與智慧，甚至使創建世界過程中的魔法之光難以置信地照得更亮。

——David Baronoff，壞機器人遊戲公司創始人、跨媒體總監

沒什麼比說故事對我們人生更重要或更基本的。無論你寫作的是電影劇本、博物館策展、設計主題樂園的飛車景點、還是重新改造一個零售體驗——事實上，任何好奇如何創造最佳沉浸體驗的人都會發現這本書友善好用，而且非常有趣。

——凱瑟琳・鮑威爾（Catherine Powell），Airbnb全球接待主管，前迪士尼樂園西區總裁

相較於其他敘事小說，為適地型（location-based）互動體驗創作故事，伴隨來的是完全獨一無二的連串挑戰，而想要掌握這個相當新的媒體，沒有比瑪格麗特・凱瑞森的《沉浸式敘事法》更好、更令人驚艷的指南書了。從主題到創建世界，再到如何入行，這本書有你成為互動敘事專家所需要的一切！

——Matt Martin，盧卡斯影業故事集團資深創意長

驅動敘事的手法植根於真正的好奇、同理、以及直指觀眾核心的深入關懷，瑪格麗特的書邀請讀者踏上探索之旅。透過清晰的解說，她闡述故事與設計間的相互依賴，揭開這個藝術形式的神祕面紗，從最大概念到愈來愈講究的細節。真希望我剛起步時有這本書，現在終於有了，我很開心。很有啟蒙性！

——孫潞南（Nancy Seruto），創意執行長，2020年Buzz Price終身成就獎

瑪格麗特‧凱瑞森的精彩書籍《沉浸式敘事法》終於讓我們有一本為適地型娛樂製作故事的權威指南，以她在真實世界的故事工藝經驗為後盾。無論在哪個領域，這本書都能幫你創造引人入勝的故事，捕捉並緊握觀眾的心和注意力。

——Bob Rogers，BRC Imagination Arts創辦人兼執行長

瑪格麗特‧凱瑞森撰寫的《沉浸式敘事法》就像沉浸式體驗。她獨特的能力和個人經驗，加上對普世敘事的熱愛，為讀者打造一份路線圖，讓他們在書中找到自己的場域與慰藉。

——Diana Williams，獲獎製作人，Kinetic Energy Entertainment共同創辦人

沉浸式敘事是非凡的藝術，把我們的思緒帶去其他地方，帶到新的令人興奮的事物上。故事就在我們身邊，是我們的一部分。這本書幫助我們更了解如何看、如何縝密規劃使故事成為可能的過程。這是一份信仰聲明，證明為故事發聲及提供形式的藝術與工作至為重要。

——Zach Riddley，華特迪士尼幻想工程創意組合執行長

對我們職業生涯長期都在沉浸式敘事世界裡錘鍊的人來說，我們已經明白，這條道路不是一種選擇，而是我們被拋到這地球上要去達成的任務。這本書為所有不同專業領域的說故事人提供不可或缺的工具。無論你面臨什麼問題，無論挑戰有多大，或是在哪個行業裡，所有解決問題的根本都是故事。去識別一個引人入勝的故事，並以觸動人心的方式去理解，永遠都不會沒有答案。

——Valerie Faithorn，故事空間設計公司負責人

無論你創造令人難忘的體驗是取自歷史或是來自想像，也不論你是資深說故事人，還是才剛起步探索故事的力量，瑪格麗特提供一本精彩好讀的書，制定了堅實的框架，讓我們得以透過故事了解自己與他人，積極建立獨特的聯繫。

——Taylor Stoermer，約翰‧霍普金斯大學高階學術課程博物館與遺產研究講師

我認為沒有一本指南比瑪格麗特‧凱瑞森這個沉浸式敘事的世界更好。這本書就像有她在身邊當你的私人導師，給你她的見解，並借鑑她在這個行業積累的智慧和經驗。無論你是希望進入這個刺激的媒介，還是經驗豐富的老手，都會發現許多靈感。跟著瑪格麗特的帶領，你不會後悔的！

——Steven Spiegel，華特迪士尼幻想工程故事編輯長

在參加一次精彩的沉浸式製作後，許多人都在嘗試製作新作品上有所啟發。大多數人很快就迷失了，甚至不知該從哪裡做起。最後，瑪格麗特‧凱瑞森給了他們答案。就是這個。帶著這本書。他們從這本書開始。

——Noah J. Nelson，No Proscenium發行人

獻給

弗斯特（Foster）和布萊斯（Bryce）
我此生摯愛和喜悅

目次 CONTENTS

推薦序

史考特・特羅布里吉（Scott Trowbridge，迪士尼幻想工程創意執行部長）

我曾是幽靈、太空戰士、時空旅人、偵探，還曾是個難民。我曾經去過遙遠的銀河系，進入某人的想像，透過第三方觀察者的批判眼光看「我自己」。

嗯，好吧，至少我參加過精心設計打造的體驗，讓我相信曾做過這些事。這些體驗，甚至還有更多都能經由編寫環境、事件和歷程的藝術創作來達成，我們統稱為沉浸式體驗。而且，即使這些事件是人為模擬組構而成，但體驗的發現和心情反應，都很真切而且持續至今。

現在，到處都能發現讓你沉浸在想像實境的體驗設計、或是以另一視角的實境提供一段特別的遭遇。隨著體驗經濟持續擴張，沉浸式體驗的類型愈來愈多，盛況空前。沉浸式體驗的設計遠超過主題樂園和博物館的範圍，影響著餐廳、品牌體驗、零售體驗、企業訪客中心、密室逃脫、運動場館、社交媒體、航空公司、特定場域（site-specific）音樂、和劇場表演等不勝枚舉。而且名單每天都在加長。

加速其成長的因素，是幾年前還不存在、由科技驅動的全新沉浸模式：居家虛擬實境頭戴裝置、適地型（location based）虛擬實境體驗、手機型（phone- based）擴增實境或「混合」實境體驗。這些新興科技驅動的媒體利用相同的原理，而且倚賴相同的基礎與人類普遍的互動、關係和意義的形式，沉浸式體驗和故事同樣具有這些特徵。

如果那樣還不夠，我們還可以看到這些核心技術、原理和沉浸式體驗設計的優勢，也在娛樂和教育之外的領域愈來愈受到重視；從幫你導航複雜的城市交通系統，到寫個人履歷壓力山大時幫你擬一個敘事架構。看到這些好處，除了有目的地透過體驗的設計幫人們推動進展之外，所涉及的人際關係與連結

性，也正在令人想不到且更重要的公眾事務上發揮價值，比方說，透過設計和故事構想改善病患的醫療體驗。這些正在進行中的案子數量之多，相信大多數人聽到都會大吃一驚。

這些體驗核心的主要推動力正是故事的概念，或起碼有個故事概念。正是故事賦予了參與者、場址、事件、以及我們跟這些元素的關係，提供一個連結、發現和理解的框架。如果成功，故事提供意義，甚至帶來個人的轉變。故事一直都在我們看待自身和周圍世界的中心（無論是真實還是想像的），從最初一群人圍在篝火旁聽著狩獵傳說，到現代最先進藝術科技驅動的沉浸式體驗，皆是如此。

但是，是什麼使故事或體驗有「沉浸感」呢？這是個大哉問。並沒有固定規則，或許「眼見即知」（you know it when you see it）這句話可以改為「置身其中即知」（you know it when you're in it），最後改為「相信即知」（you know it when you believe it）吧。這個問題，也許你可以從整體概念區別出沉浸式和展演式體驗的不同，而且這樣的理解，對如何打造體驗的故事和敘事相當重要。差別就在於觀眾的視角。

觀眾的體驗情境是否與角色或參與者有所不同？是否使用如電影院、電視螢幕或劇場鏡框式舞台（proscenium）等元素，故意把觀眾分開？或是你的體驗需要人工安排就座或登台，有目的地區分觀眾或參與者？相反地，體驗的設計是否讓觀眾和其他參與者一起分享同一脈絡的實境？這就是置身其中或分開、旁觀者或參與者的區別。如果你只是單純想為客戶創造一個很酷的品牌體驗，這裡可能說得太學術化了，但了解這個架構性的選擇及其連帶的利弊，是為這個奇怪複雜、每次都像首度嘗試、變化多端卻令人愉快且強大的媒介創作故事和敘事很關鍵的第一步。如果說「眼見即信」的話，那這應該就是「做就

懂」了。

　　我很榮幸與說故事人一起工作，他們寫出近幾代人最喜愛的故事，在合作過程中，我經常看到當體驗的中心置入強大且具關聯性的故事，對比故事、敘事、或主題核心薄弱或是根本就缺乏時，會有什麼樣的差別。這對所有電影如此，對主題樂園景點或企業訪客中心也一樣。故事推動意義。故事創造連結感。故事讓我們超越理智進入情感。從精確的特定細節，進入更大的反映人性的共同真理。

　　不管是哪種媒介，故事的基本都是相通，但為沉浸式體驗創作故事的具體方法很特別而且挑戰性很高。但也提供了一系列獨特的機會：

● 如何為你的故事建構框架（每個故事都有框架）
● 如何邀請並與觀眾建立關係
● 如何傳達期待並建立參與的基本規則
● 如何在不破壞敘事下，納入參與者輸入的訊息
● 如何確定故事裡什麼重要、什麼不重要
● 而且還要不被開除，如何在專業的工作環境中，以一個動態團隊的一分子搞定所有的事情

　　為這種類型廣泛的沉浸式體驗寫作，技巧和專業不乏挑戰與發現，但同時樂趣也不少。

　　我很榮幸過去六年來能與瑪格麗特一起工作。我親眼見到，要融合敘事結構的機制、參與式體驗特有的細微差異，還要統整在主題及目標之下塑造意義和相關性，這需要多少努力才行。很多時候，我們坐在自己的篝火旁努力編織

故事和體驗，一回神來發現我們所仰賴的正是瑪格麗特這本書裡的某些技巧、訣竅、操作手法、以及深刻見解——當然，通常是在凌亂的會議室，不是篝火旁。

創作好故事沒有絕招。每個專案都有它本身獨特的機會、限制、觀眾和動機。這本書中收錄的想法，是希望將我們共事期間，瑪格麗特為每個專案提供智慧、靈感、經驗和毅力的某個鍊金術版本公開出來。這本書概述這一行的期待、需交付的成果、工作動態及回報，能為有意從事沉浸式體驗創作的人提供寶貴的參考。

我深信，一個說得好的故事能夠改變世界。我也相信，透過沉浸式體驗，一個好故事可以激勵並產生個人的轉變。我在職業生涯中一直努力實現這一點，而且我很幸運，有這麼多傑出同事和我一同打拼。我知道自己很幸運，在深夜打擾瑪格麗特時她會回我訊息，所以希望這本書中的想法、深刻見解和提示，同樣能給你一些幫助。如果不管用的話，跟我一樣發訊息給她。她的號碼是〇〇〇〇-〇〇〇-〇〇〇。

引言

從我會讀書寫字，我就愛上說故事這件事。起初是小學一年級時寫日記的形式，接著寫短篇故事，然後自己畫漫畫，手做布偶和桌遊，自己演戲自己錄影，自己錄廣播節目，設計戲服，詳細描繪我未來的家，還寫了奇幻詩歌和恐怖劇本。我就是那個在上數學或科學課時本該專心聽、卻老是在塗塗寫寫的小孩，一定要創造些什麼才行。這對我來說是再自然不過的事，也是我的興趣。

過去十四年來，我為獨立藝術家、主題樂園、博物館、兒童動畫節目、獨立製作的劇情電影（feature film）、電視節目、紀錄片、小型設計公司，還有《財星》（Fortune）雜誌評選的全球五百大企業撰寫故事和提供諮詢。近來，我在華特迪士尼幻想工程（Walt Disney Imagineering）的專案包括：《星際大戰：銀河邊緣》（Star Wars: Galaxy's Edge）、《星際大戰：銀河星際巡洋艦》（Star Wars: Galactic Starcruiser）、《復仇者聯盟園區》（Avengers Campus）、《星際異攻隊：宇宙倒帶》（Guardians of the Galaxy: Cosmic Rewind）、以及國家地理雜誌企業總部。

我在南加州大學電影藝術學院攻讀劇本寫作的碩士學位時，發現了沉浸式故事敘事的世界。當時，我在論文課裡寫作一部劇情電影劇本，靈感來自中國史上唯一一位女皇帝——武則天。就在畢業前幾個月，我感覺要在娛樂業求得一職的焦慮日益逼近。

我們的教授潘・道格拉斯（Pam Douglas）鼓勵大家除了影視業，也可以試試其他行業。她開始列舉出我們能從事寫作工作的其他相關行業，如遊戲、動畫、主題樂園等。我記得那時我心想：「主題樂園需要作家去寫故事嗎？會是誰在做？好像很酷的樣子」。我一直都是主題樂園的粉絲，但從未想過自己

會以作家身分在裡頭展開工作。我的好奇整個被激發起來。

當天晚上，我在家搜尋了「設計主題樂園」，發現沉浸式故事敘事這個令人興味盎然的世界。我找到一個名為「主題式娛樂協會」（Themed Entertainment Association，簡稱TEA）的機構官網，上頭寫著，「這是一個國際性非營利協會，代表引人入勝場所和體驗之世界領先的創作者、開發者、設計師及製作人」[1]。

有一天，我在參觀加州帕薩迪納的諾頓西蒙博物館（Norton Simon Museum）時，我發現自己在南亞與東南亞繪畫和雕刻收藏前流連不已。這個沉靜親密、思慮周到的設計空間讓我想起了家。我好奇是誰設計出這美麗的空間。我坐在長凳上，隔窗眺望花園，那裡有座巨大的佛像就坐在我的對面。

那肯定有某個人或一群人負責設計這個體驗，決定哪個位置放什麼、以及那麼做的理由。他們還必須考慮訪客如何穿過這個空間，從角落轉過去前會先遇見什麼。這想法令我大為振奮。難不成，有一位說故事人在協助定義和設計這些空間？他們究竟怎麼做到的？

離開博物館後，我又搜尋主題式娛樂協會（TEA）官網，從中找到豐富的資料、報導、養成制度、業界人士資料和工作機會。其中有一條連結是協會成員名錄，我馬上就點了進去。我搜尋了位在加州的各家公司，開始給感興趣的單位寄發電子郵件。信件中，我介紹自己是剛拿到南加大（USC）劇本寫作學位的畢業生，並且提供我在學生時期實習和接案的工作經歷。

幾個月後，在我寄了多封求職郵件後終於收到一封回覆，那是來自一家名為BRC Imagination Arts的公司，總部就在加州伯班克。他們對我的作品集感興

1　https://www.teaconnect.org

趣，希望與我見面，儘管當時我沒有任何體驗設計公司的工作經驗，BRC還是決定給我機會試試。

　　在結束一份接案的電視劇工作後，我馬上與 BRC合作，開始一個名為「海尼根體驗」的專案，一個歷史上有名的啤酒廠景點，也是行銷國際的荷蘭皮爾森啤酒商海尼根公司（Dutch pilsner, Heineken）的訪客中心。我很喜歡這專案，享受團隊裡許多專業領域一起協作，最重要的是，我終於成為一名有給職作家。與友善熱情且才華洋溢的人們共事，他們傾盡心力創造一個以強大故事為基礎的體驗，這令我大受鼓舞。

　　在海尼根專案結束後，BRC又讓我參與許多專案。我永遠感謝他們和他們創辦人鮑伯·羅傑斯（Bob Rogers）對我的照顧與提攜，才有今日成為作家與創作者的我。在BRC時我參與其他許多專案，包括：路易斯安納州舊議會大廈（路易斯安那州的巴頓魯治）、NASA甘迺迪太空中心遊客綜合大樓（佛羅里達州的卡納維爾角）、愛茉莉太平洋集團故事花園（AMOREPACIFIC Story Garden，韓國烏山市）、2010年上海世博的信息通信館（中國上海）。我在BRC任職的四年間，就有三個專案是以作家名義執行，並且榮獲西婭獎（Thea Awards）。

　　接著，我做了四年的自由接案顧問，與各式各樣的公司一起工作，直到我注意到華特迪士尼幻想工程（Walt Disney Imagineering）在徵求表演秀作家。我知道必須跨出這一步，於是在領英（LinkedIn）上發訊息給當時故事部門的招聘經理，並且從我的社交圈找到幾位幻想工程師幫我美言幾句。我知道想得到這份工作得使出渾身解數才行。我收到數封前雇主熱情的推薦信，努力把作品樣本修到最好，還排練面試。經過數月的電郵往返、通話和漫長的等待，幾輪面試後，得知自己未錄取，這對我真是莫大打擊。

我試著接續我的生活，以接案作家繼續做其他專案。但離夢想如此之近，彷彿觸手可及，卻還「不夠好」而沒能更上層樓，這讓我很受傷。儘管消息令人失望，但我沒有放棄。我持續向迪士尼的招聘經理寫電子郵件保持聯絡。我的堅持終於有了回報。

幾個月後，招聘經理為我安排一場會議，就有關以接案顧問擔任園區作家的保密專案，讓我和執行製作人及執行創意總監聊聊。這就是之後的「星際大戰專案」。一扇門關閉，但另一扇門打開了。

那已經是七年前的事了。當時我不知道有一天，我將成為華特迪士尼幻想工程歷來最具企圖心園區之一的總體故事領導人。我感覺過去七年來在幻想工程，就像一堂設計沉浸式空間及體驗的大師班。我不僅在這裡遇到生平見過最有才華的一群人，從平面設計師到音訊工程師，我發現自己多渴望不斷地進步，精進自己的寫作功力。這麼多優秀人才環繞身旁，讓我想變得更好。他們的工作道德、他們的熱情與熱忱，還有在最艱難時期依然堅定的精神，都深深啟發我。這些幻想工程師以身作則，向我示範創造令人難忘的闔家體驗時何謂極致的真義。

我不禁納悶，如果為有志於這一行的作家們寫一本書那會如何。有太多可以分享，我想要把我所學和理解的傳給下一代的說故事人。我自己就是各種體驗的粉絲，我好奇這種說故事媒介會何去何從，也希望能傳達一些有用的竅門和工具，把這個媒介帶向下一個高峰。

我想起在本書撰寫前期，收到許多有志加入這行業的作家和創意人的電郵和LinkedIN發來的訊息。他們詢問我的建議，也好奇我的工作都做些什麼。他們也詢問我怎麼寫、寫什麼，尤其是看過我（和其他才華洋溢、很榮幸我能稱他們為朋友的幻想工程師們）出現在免費線上課程「Imagineering in a Box」後。

Imagineering in a Box

　　這是我們與可汗學院（Kahn Academy）及「Pixar in a Box」團隊協作開發的一個很精彩的系列節目。如果你還沒聽過這個免費的線上系列課程，快去看！「Imagineering in a Box」為了揭開幻想工程的神祕面紗，要帶你實際看看作家、藝術家、設計師和工程師如何攜手合作，創造出主題樂園及其他沉浸式體驗。與迪士尼幻想工程師一起走進幕後，完成專案導向的練習，設計一座專屬於你自己的主題樂園。這個線上課程非常適合初高中生透過包括影片內容及跨學科實作的方式，循序漸進設計自己的專案。

　　我也陸續收到一些初中生的電郵，他們只想有一天能成為幻想工程師。他們有喜歡科學和工程的女孩們，有愛用樂高積木搭造東西的男孩，還有從未停止追夢的大人們。他們想請教我的建議，想聊聊我的職業。

　　對所有聯絡過我、以及想聯繫我但未付諸行動的各位，這本書正是為你們而寫。我希望能把我在這令人興奮的行業中從事體驗工作的智識分享出來。

　　第一個建議就是：沒有強又猛的速成規則。這不是一本教科書，也不是教你「這樣做就成功」的書。我把這本書定位成「指南」，提供有用的竅門和工具。每個人和每家公司處理專案的流程和手法不盡相同。我會在本書中分享我累積的理解和最佳實務方法，希望能幫助你找到自己的方式。

　　為你感興趣的事物尋找導師、發現機會，並且持之以恆地追求。養成每日

寫作的習慣以磨練技藝，並且持續向他人學習，這很重要。別停止寫作（即使在寫得不怎麼順的時候），別停止學習（即使做的是不太感興趣的專案）。隨著經驗累積，會更有「打破常規」的自信，就能創作出真正獨特又耳目一新的作品。最後，你要找出你最有魅力的風格和方法。

以作家來說，這是一個很值得投入的行業，我們很幸運在為人們創造聯繫的體驗中擔任作家，但我們經常會覺得這不像「著作」。我們得到了一個絕佳的機會，為人們創造能讓大家玩成一片的故事和空間。做為說故事人，我們努力創造令人感動、引人入勝、有意義的體驗。我們設計空間，好讓參訪者能暫時擺脫平凡的日常。我們把空間製造成觀眾能在這裡看見自己，感受到聯繫與歸屬。我們把體驗製造得充滿魔法，好提醒我們自己生活本是無奇不有。

做為一個創作人、說故事人和作家，沒有比看見觀眾參與並沉浸在我協助塑造的故事中更加滿足的事。知道自己把魔法帶進人們的生活中，這是我所企盼的最佳回報。看見許多家庭、朋友、情侶在我協助創造的體驗中創造他們的回憶，只能說——一切都圓滿了。

我希望你能在書中發現一些珍稀趣聞和鼓舞你的事物，進而去創造你的故事，如此一來，或許有一天我能有榮幸前往體驗。我期盼在沉浸式故事敘事世界裡看見未來新世代的創作。請務必邀請我！

Margaret Kerrison

這不是教科書

請把本書當做集合智慧、見解與感想的一本指南，而非「如何寫沉浸式故事」的教科書。沉浸式敘事的媒介需要以不同的方式思考。不像劇情片或電視腳本的撰寫需遵循一定的格式和故事結構，這個媒介的優點在於它有靈活、創意和創新的空間。一旦把創造沉浸式體驗想成按照食譜下廚，那就完蛋了。

與其給你特定答案，我更想教你學會問對問題。沉浸式說故事人和設計師經常都沒花足夠時間去推敲最重要的故事敘事問題，就一股腦兒栽進專案裡。我會藉著一系列的問題和提示，引導你打開思維，以不同方式思考你要設計的體驗。

推開界線、改變規則、跳脫框架思考。以不同方式發想，但也要讓自己熟悉某些原則和最佳實務慣例，這就是我在全書中要與你們分享的內容。通常我會引用當今體驗敘事的成功實例，讓你看見全球各地沉浸式敘事發展的深度與廣度。

本書也不是沉浸式體驗的綜合百科大全。要是沒在書中看到你喜歡的景點或體驗，也別沮喪。你也可能對我挑出來強調的這些體驗有完全相反的看法。但重點是，沉浸式敘事不只是一件事情而已。我把那些印象深刻的體驗分享出來，是為了凸顯我歸納的重點。

你可以從頭讀到尾。也可以在需要靈感時放在手邊不時翻閱特定章節。也可以為學習新知而讀。我希望你能發現一些能鼓勵你去改變這世界的竅門、見解與智慧，透過每一次的沉浸式體驗。

本書可能對這些讀者類型有幫助：

懷有憧憬的作家和設計師

你正憧憬進入精彩的沉浸式敘事世界，但不知從何開始。喜愛寫作，也想以創作為業，但在這行裡沒有認識的人。這本書就是教你為體驗撰寫故事及發展故事的速成課，或許能做為你入行的敲門磚。無論你是撰寫博物館、主題樂園、沉浸式環境、飛車（rides）、表演秀，或其他形式的沉浸式敘事，如電玩遊戲、AR／VR虛擬實境，都能在寫作過程中發現有用之處。我希望能提供你一些訣竅和起動的思考，幫助你在這值得投入的行業開啟寫作旅程。

需要添柴火助動的人

或許你正需要靈感。可能有些茫然不知從何下手，或者專案做到一半卡住不知何去何從。我希望本書為你提問的問題和敘事實例，能助動你的創作引擎。我們都難免迷惘。在創作過程中，這都是很自然的事。我未曾遇過哪個有才華的創作者在寫作或說故事時不會陷入低潮的。這是一個很好的指標，代表你是對作品自重自愛的創作者。

好奇的學習者

你可能只是好奇我們如何說故事和撰寫沉浸式敘事。這領域的寫作技藝不見得採線性敘事，那麼當敘事不一定都有清楚的開頭、中間、結尾時，我們要如何開始說故事？又要如何為如雲霄飛車之類的飛車體驗說故事？一台餐車也需要故事嗎？為何博物館展覽需有一個總體中心主題和故事？所有問題當作家在為任何體驗開發故事時就應該問清楚。書中也會寫到我們如何努力在觀眾和參訪者中做出變化。提示：這會回到我們最初為什麼要說故事的古老問題上。

童心未泯的大人

如果你是有時會裝成別人的那種大人，跟孩子們玩到他們都累趴，時常幻

想置身在另一世界，平常排隊購物時會在腦海裡編故事，想像「要是……會如何」的情節，在你家後院搞出酷玩意兒，為朋友演一齣戲，而且感覺來了就做些手指布偶什麼的，那這本書非你莫屬。也許你該考慮進沉浸式娛樂事業——你會在那兒遇到一群志同道合的大人，他們總是像孩童般以好奇和赤子之心看這個世界。

給所有夢想家

無論你是誰，我都希望你能從書中找到一些靈感，以及相信自己有創意且做得到的小提醒。別讓任何人說你的夢想不可能實現；說你該找個收入穩定的「正常工作」，不要被不可能的夢想耍得團團轉。別聽那些專唱反調的人說的話。聽你自己的聲音。它對你說了什麼？如果你相信這是屬於你的職業，那就勇敢追求！用盡全身氣力和意志去實現。

因為人們不會告訴你，成功並非取決於你是不是房間裡最有才華、最出色的作家。而是你真正展現出的優雅、堅持、勤奮與熱情。你必須確信那是你企盼的。是真的真的想要實現的夢想。

很棒的開場

幽靈公館

創作者 / 動畫師澤維爾・阿坦西奧（Francis Xavier Atencio）

賓客們踏入劇場大廳，如幽靈般的管風琴開始演奏。門全關上。

　　　　鬼屋主
　　　（僅出聲）
當鉸鏈在無門的大廳內喀喀作響，
奇怪可怕的聲音在大廳裡迴盪；
每當燭光閃爍，空氣沉寂──
就是鬼魂們將現身的時候，面帶獰笑，準備嚇人。
有幾扇門通往一個圓形房間，牆上掛著幾幅畫像。賓客入場。

　　　　侍者
請嘉賓直接移步到廢棄的畫廊中央。

　　　　鬼屋主
　　　（僅出聲）
歡迎愚蠢的凡人蒞臨幽靈公館。我是你的東道主──
鬼屋主。請盡量往屋內走，騰出空間給所有嘉賓。現在，
無法走回頭路囉……
我們的旅程就從這個畫廊開始，這裡，你可以看到我們一些嘉賓的畫

像，盡是腐爛的凡人樣貌。

門關上。

> 鬼屋主
>
> （僅出聲）
>
> 你慘白的臉，透露出一股不祥預兆，
>
> 彷彿你感覺到一種不安的變形。這棟鬼屋
>
> 真的在拉伸嗎？還是，一切只是你的想像？
>
> 而且一想到就會沮喪：這個大廳無門無窗。所以，
>
> 給你個毛骨悚然的挑戰：去找逃出去的路吧！

> 鬼屋主
>
> （僅出聲；發笑）
>
> 當然啦！我總有辦法！

燈滅。傳出一聲尖叫。

賓客離開畫廊，進入一條充滿肖像畫的走廊。雷聲轟然，撼動賓客所在的
房間。

> 鬼屋主
>
> （僅出聲）
>
> 噢，我不是故意太早出來嚇你。
>
> 真正讓人毛骨悚然的還在後頭呢！
>
> 現在，當他們說：「快點動起來！」
>
> 我們就繼續進行小遊歷。請大家別脫隊。
>
> 有幾個著名的鬼魂，已經從世界各地古老又可怕的
>
> 地窖退休來到這裡。實際上，這裡有九百九十九隻開心鬼。
>
> 不過，再收一個湊一千。有人自願嗎？

（笑）

假如你堅持要落隊，

或許就不用自願囉……

嘉賓們接近乘車處。

鬼屋主

（僅出聲）

現在，一輛馬車正朝你駛來，

準備帶你進無邊無際的超自然世界。

請牽好你心愛人的手，當心踩空。

噢，對了，請別開閃光燈拍照，謝謝。

我們靈體對強光異常敏感。

賓客們登上一輛「末日馬車」，向上駛往一座氣派的階梯。

鬼屋主

（僅出聲）

請別拉下安全桿。我會幫你拉下來。

這是警告聽好了：你唯有保持安靜坐好，

幽魂才會現形。

我們發現這鬼地方太歡樂了，實在不宜長眠。

每間房間四面八方的真讓人發毛，還忽冷忽熱。嗯……

你聽。

嘉賓通過一條無盡的走廊，途中，蠟燭飄浮在半空中。這就是鬼呻吟。

這是主題樂園景點史上的最佳開場之一，幽靈公館已成經典。我在東京迪士尼體驗過這個搭乘設施，就是這個搭乘體驗讓我愛上主題樂園。如同一部好的電視劇腳本或劇情電影劇本，第一頁就要有滿滿的訊息。因為要建立整個世界、角色、語調、情緒、衝突、與類型。這個場景要有戲劇感、懸疑、毛骨悚然、而且好玩。

第一段建立好氛圍（黑暗、神祕）、調性（毛骨悚然但好玩）、場景設定（鬼屋）、類型（陰森的黑暗之旅）。第二段介紹訪客是「愚蠢的凡人」，和只聞其聲不見其人的「鬼屋主」。訪客受到鬼屋主的款待，感到歸屬於這個世界。

在第一頁快結束時，訪客受到一個「衝突」，在這裡的功用是「行動號召」（指示英雄／觀眾立即做出渴望的行動），也就是「去找逃出去的路」──鬼屋主告訴愚蠢的凡人。

何謂「行動號召」？

在劇情電影劇本寫作中，腳本的第一幕（約莫前三十頁）是建立現況（主角的「正常生活」）、事件導火線（讓主角打破現況的事件或角色）及「行動／冒險號召」（主角面對此導火線所做的決定），把主角（英雄）推進故事第二幕。

若想更了解戲劇結構和敘事弧線（即故事張力和情緒高低起伏的波動形狀，最初收錄於亞里斯多德《詩學》），我在書末列了一份推薦書單給有志從事這行的作家。

《幽靈公館》腳本第二頁，訪客接獲搭乘「末日馬車」的安全指示（在迪士尼幻想工程我們稱為「乘坐安全囉哩囉唆」），把指示巧妙融入故事和場景設定中。鬼屋主還向訪客介紹故事裡的其他角色──住在這棟鬼屋的九百九十九個「開心鬼」。最後，他邀請訪客成為第一千個。

寫劇本只是工作的一部分

為這個行業寫作，不只是寫出劇本而已。事實上，你的大部分工作不是在寫劇本，而是幫團隊將體驗故事發展出來。後面的篇章，我們將深入探討故事領導人／作家的各種職責和必須交出的成果，包括從體驗整體故事形塑出所有大小事，到為圖像和宣傳素材撰寫文案。

在遊戲行業裡有敘事總監、敘事設計師、和作家等職務角色。敘事總監負責遊戲的整體敘事，管理敘事設計師與作家的工作。敘事設計師負責玩家的敘事。作家負責遊戲中角色人物的敘事。

在沉浸式娛樂這一行，通常故事領導人／作家必須身兼敘事總監、敘事設計師、及作家的工作。誠然，工作範圍取決於你的專案規模大小。或許你可以聘請其他作家來分擔工作量，但最終想在這一行成功，你必須成為一把貨真價實的「瑞士刀」全能作家。你必須學會靈活有彈性，能快速學習，願意廣納意見，並且要是能夠橫跨多種專業領域、堅韌耐操的故事高手。

讓嘉賓沉浸其中

我不想大家在這個樂園裡看到日常生活的世界。我要他們像置身在另一世界。

——華特・迪士尼（Walt Disney）[2]

　　華特・迪士尼是一位說故事大師，而且他深知如果希望嘉賓（華特用這詞稱呼樂園的遊客，一直沿用至今）被吸引或是投入情感進去，就必須把嘉賓放進故事裡頭。

華特・迪士尼的用語

卡司成員（cast members）

　　指迪士尼樂園幻想工程、度假村、郵輪公司的工作人員。最早起源於華特・迪士尼在提到樂園運作時使用的劇場用語。

嘉賓（guests）

　　指來到迪士尼樂園、度假村、郵輪公司的遊客。這個用語能有效提醒卡司成員們自己是東道主，要親切優雅地接待遊客。

　　如同偉大的電影製片師般，華特・迪士尼也了解開場的目的就是要吸引嘉賓注意，在那當下讓他們如臨現場，使嘉賓「擱下自己的懷疑」。

　　「擱下懷疑」（suspension of disbelief）的概念是形容，為了使觀眾的情

---

2 https://d23.com/walt-disney-quote/i-dont-want/

感融入敘事中，要如何使他們當下反應得就像把每一個角色都當真、而且相信搬演的情境／事件是真的一樣，即使明知一切只是虛構的故事。「此刻，暫且擱下懷疑」一語出自英國詩人柯立芝（Samuel Taylor Coleridge）1817年之筆，當時他指的是文學作品的讀者[3]。

　　身為說故事人，華特了解他必須承認觀眾的角色，並且「邀他們一同演出」。華特運用他大師級的敘事技藝，根據嘉賓們希望實現的願望、和他們樂意擱下懷疑的意願，將迪士尼樂園設計成能牽引出嘉賓各種情感的場所。

3　https://www.oxfordreference.com/view/10.1093/oi/authority.20110803100544310

何謂沉浸式敘事？

　　沉浸式敘事是指運用不同類型的科技，為訪客／觀眾創造一個打造得很有臨場感的空間。這空間可以是實體、數位、和／或虛擬元素的結合，最終要能讓訪客有親臨其境之感，彷彿「真的在」一個具有情感說服力的故事之中。沉浸式空間的設計需有說服力，才能讓訪客覺得自己是那世界的一部分，甚至希望讓他們相信自己屬於那裡。這種體驗是衝擊力很強的技術，會緊緊抓住人們的情感和希望實現的願望。

　　沉浸式敘事也可以稱做體驗設計（experience design）、主題式體驗、沉浸式體驗，還有最極端的形式——建構世界（worldbuilding）。故事可以發生在許多實體和數位的環境中：如主題樂園、博物館、家屋、小型展覽、企業中心、餐廳、商店、線上學習網站、虛擬實境體驗、遊戲、或其他各種形式。

　　沉浸式的故事可以是原創、或改編自不同格式的媒介，如書籍、玩具、電玩、電影、主題樂園飛車、或是電視影集。也可以是文化教育類，如同你在國家公園展覽、歷史建物、藝術博物館或科學中心所體驗到的。也可以兼具迷人魅力與顧客導向，如同你在快閃活動看到的新品牌露出。

　　沉浸式體驗也能是小巧親密的，例如西婭獎（THEA Award）得獎作品——《巢》（The Nes），由兩位前幻想工程師雷南凡博（Jeff Leinenveber）和蘭茲（Jarrett Lantz）攜手打造。他們的官網上這樣描述《巢》的表演秀：

> 是一個親密的現場體驗，每次僅接待兩名觀眾，結合沉浸式劇場、電玩遊戲敘事、連季播客、及密室逃脫等元素，打造成一種體驗故事的新方式。場內配置了手電筒，透過搜找個人物件，探索你的四周，以及聆聽錄音帶，一點一點拼湊出喬希戲劇般的人生敘事。[4]

---

[4]　http://www.thenestshow.com

我體驗過這個精緻小巧的作品，喜歡它看似簡單的場布，但實則每一處細節都是為了讓觀眾能沉浸在這位女子的人生故事所做的縝密設計。

　　沉浸式體驗不一定都要有清楚的劇情或故事線。它可以是感性真摯的，例如位在倫敦的藝術團隊蘭登國際（Random International），由科赫（Hannes Koch）和歐特卡斯（Florian Ortkrass）共同推出的作品《雨屋》（Rain Room）[5]，這個沉浸式聲光裝置在世界各地有多個場館，以模擬暴風雨為特色，並且邀請參訪者在「不淋濕」之下「控制天氣」。

　　沉浸式體驗也可以是古怪好玩的，例如草間彌生（Yayoi Kusama）2013年的鏡像藝術裝置《無限鏡屋：數百萬光年外的靈魂》（Infinity Mirrored Room）[6]，或2011年的《為摯愛的鬱金香永恆祈禱》（with all my love for the tulips, I pray forever）[7]，後者是一個布滿巨大圓點的房間。

　　我個人最愛的一個作品是，韓國藝術家徐道獲（Do Ho Suh）以實物尺寸構成建築內部的織品雕塑《西二十二街三四八號（2011-15）》[8]，非常華麗壯觀，藝術家短暫再現昔日住過的紐約雀兒喜街區，能讓參訪者從公寓穿梭走過。

　　這些裝置可以是嬉戲的、令人沉浸、互動的，就如日本製作公司 teamLab 在世界各地的許多藝術裝置一樣，鼓勵參訪者從中探索、漫步、發掘，與那些一觸摸即有回應的藝術作品互動。

　　沉浸式體驗也可以純粹為了好玩，像是美國高科技遊樂場Two Bit Circus 的虛擬實境體驗或密室逃脫等，主打「適合所有年齡層的互動式數位遊樂場」[9]，玩家能合力打爆外星人、搭雲霄飛車，或保護你的船筏不被超自然生物襲擊。

　　這些裝置可以有各種不同的規模，從小而親密的房間，到動輒好幾畝的廣

5　https://www.jackalopehotels.com/art/rainroom

6　https://www.thebroad.org/art/yayoi-kusama

7　https://worldartfoundations.com/marciano-art-foundation-yayoi-kusama-love-tulips-pray-forever-2011/

8　https://www.lacma.org/art/exhibition/do-ho-suh-348-west-22nd-street

9　https://twobitcircus.com

衾土地。最極端形式的主題式體驗會吸引你所有的感官——視、聽、嗅、味及觸覺。最扣人心弦的體驗，會激發你內在的改變。

你就是故事高手

要創作沉浸式敘事，你必須是故事高手，也要是這個體驗故事主題的專家。這是指，如果要創作一個歷史主題的展覽，就要像歷史學家一樣學識淵博嗎？不見得，但你的確要了解並且融會貫通相關內容，才能抽取出最動人的故事，從而吸引觀眾浸淫其中。如同一本好書或好電影的作家，你必須了解是什麼因素吸引對故事主題一無所知的人。你必須找出設計這個體驗的理由；發現故事更深層的意義和重要性。

S.T.O.R.Y. 故事法——最初的五大提問

在每個專案開始之前，我會問自己這五個問題。用我自己的方式開始思考故事最重要的元素。我用「story」（故事）的首字縮寫，提醒自己這些問題。

S——Share（分享）：為什麼向世界分享這個故事？

身為說故事人，假設你不知道向世界分享這故事的理由，那就沒人會在乎你的故事了。找到分享故事的初衷是最重要的叩問。只有誠實以對，敘事才會有普遍性。坦誠，總會帶領人找到真理。秉持真理，就有機會打進觀眾的心。

T——Theme（主題）：體驗的主題是什麼？

就像所有好的故事，你的體驗也需要一個主題。只要了解為什麼要向世界分享這個故事，就能發展出體驗的主題或意義。主題驅動體驗的敘事主旨。敘事主旨在於建立主要的故事節奏（可辨識的變化時刻），以戲劇的方式推動故事向前進。

O——One-of-a-Kind（別具一格）：如何使體驗變得獨特？

我會考量許多方法使體驗跳脫既有作品的影子。為了吸引參訪者目光，體驗的競爭非常激烈。你要確保你的體驗令人印象深刻且別具一格；具有能快速攫住參訪者想像力的東西。

R——Reflect（反思）：為什麼我是說這故事的最佳人選？

這是個大哉問。為什麼？因為如果知道自己是什麼樣的說故事人，會有助於你賦予體驗觀點。我曾經被團隊派去東南亞做各種不同的專案，因為我的童年就在那兒度過。甚至，我還因此做過許多我自己也所知有限的主題。所以說，發現你自己特有的視角，會是發展迷人故事的關鍵。

Y——Yearn（嚮往）：參訪者對體驗有何嚮往？他們想實現什麼願望？

最後但同樣重要的是，去設想參訪者最大的夢想為何，這是你永遠都需要考量的事。為了做到這點，你得了解他們渴望什麼。歸屬感？關係？愛？冒險？逃離？還是大蛻變？有可能利用這機會讓他們追隨憧憬的英雄腳步嗎？還是讓他們自己變成英雄呢？如果我答不出來這五個問題，那表示我還在困惑中。但如果我身為作家與說故事人，卻連我為什麼要與世界分享這故事、是什麼主題、有何獨特之處，為什麼我是這故事的最佳敘事人，還有究竟觀眾嚮往些什麼都不知道的話，那這專案就會有失敗的危險。

你會發現在你的職業生涯中，很多都是做自己不太感興趣的主題、IP（智慧財產）、或品牌。這時最重要的是，找到你和這故事的關聯。你必須先變成一名粉絲才能接觸到粉絲群，我因此了解到一個極重要的事實：

若能在故事裡找到一部分的自己，
觀眾就會在他們自己身上發現一部分的故事。

去找出能激起你對故事主題感興趣的原因，這很可能就是其他人被吸引的

原因。去跟對主題充滿熱情的人聊聊，讓你對主題有更深入的了解，發展出關聯。我們都有自己獨一無二的視角、手法、以及說故事的能力。找出你跟主題的關係，你會更容易發展出自己的獨特觀點和手法，與觀眾分享你的故事。

　　最後，如果做為故事高手的你不在乎體驗的結果，那你的觀眾為什麼該在乎？你唯有找到與主題的獨特關聯，全心全意投入專案，才能將所有吸收的一切展現出來。如果你的心和思緒一路緊隨著專案，那就沒什麼能阻礙你了。把志向定遠大，勇敢孵夢。

> 說故事人，我們才剛開始呢！
> ——華特・迪士尼，出自加州迪士尼冒險樂園「說故事人」匾牌

創造的過程

第一步是做研究。讀相關書籍，看視聽媒體，聽聽學者怎麼說。

你必須先聆聽，才能建立同理心。

—— 孫潞南（Nancy Seruto，迪士尼幻想工程執行製作人）

做研究

開始任何專案之前，第一步是先做研究，學習你要負責的專案主題內容。要以學術研究的方式來了解專案，這很重要，這樣才好跟其他人集思廣益深入討論。學會專業用語、收集相關資訊，能助動你建立同理心的過程、更快地理解專案題材。對專案主題加強自我教育，也證明你對主題給予應有的尊重與付出。

創造一個真實世界與創造一個幻想世界的過程，有很大的差別。正如我從獲獎製作人、設計顧問、暨前迪士尼幻想工程創意執行長孫潞南身上學到，博物館展覽產業（真實世界）在建構「大概念」（Big Idea）前，得先從了解細節開始。

真實世界的設計過程

細節

大概念

在設計真實世界體驗的過程中，你必須從不同的觀點來了解事實。從個人視角撰寫故事的手法已經是過去式。現在，你必須帶進專家與學者的意見，在試圖形塑敘事之前，盡可能在細節上多加學習。在研究過程中收集所有重要的相關細節，再開始形塑你的「大概念」。

不過，創造幻想世界體驗的過程則是完全相反。要先從大概念著手，接著才建構細節。

幻想世界的設計過程

大概念

細節

創造幻想世界的過程，要從大概念開始。你想造訪星際大戰星球。你想造訪哈利波特的世界。你想要一腳踩進一個夢想世界。你想變成一名間諜。只要你確立好大概念，接著就會發展出細節。去造訪星際大戰星球是指什麼意思？你會挑選哪個星球？這星球有什麼特別意義？參訪者去那裡要做些什麼？他們又會遇到什麼人？

真實世界的體驗是要給你的參訪者建構對一個主題的了解，然後帶著新的體會、了解與共鳴離開。而在幻想世界體驗裡，你的參訪者是基於體驗給的承諾展開他們的旅程，去發現體驗必須提供的所有精彩細節。這兩個世界的終極目標都是，參訪者應該在離開時有了改變。

腦力激盪

研究階段結束後，專案就要啟動腦力激盪會期，業界一般稱為「專家會議」（charrette）。這通常是持續一天或數日、由多種專業領域組成的工作會議，團隊的所有重要成員都要加入，包含但不限於製作人、創意總監、作家、藝術家、設計師及其他人員。傳統上，設計專家會議是一群設計師針對設計問題起草解決方案的一段緊鑼密鼓的時期。這期間，也是幻想工程團隊發展大概念的時候。大概念是一個專案的動機與任務，要解決大方向的問題。會議室裡可能會掛上好幾面的氛圍板（主題意象、體驗場址、角色和其他專案相關的所有事項），用來激盪想法並推動討論。

通常，會有一個人主持專家會議，不是創意總監就是創意製作人，他們透過提問和引導討論進而構成概念，帶領團隊將體驗擬定出來。專家會議的進行兼具協作與互動。他們一開始就有「沒有蠢點子」的共識。會議的重點就是要把不論大小的所有點子都捕捉進來。

大概念

大概念要如何有系統地表述？專家會議的帶領人會從大方向的問題開始，這點很重要。因此，我從S.T.O.R.Y.故事五大提問開始：為什麼向世界分享這個故事？體驗的主題（或可能是複數主題）是什麼？我們如何使體驗獨一無二？為什麼我們是說這故事的不二人選？參訪者想實現什麼願望？

還有許多問題也要納入考量：他們要去哪兒？會見到誰？會看到什麼？要給參訪者什麼「必做」活動和體驗？我們要參訪者感受什麼？什麼是他們「哇！」的驚艷時刻（或是拍照在 Instagram分享的時刻）？他們會帶著什麼心情離開？如何讓參訪者很久以後還會說起這次體驗？如何跟他們維持聯繫？

這些擷取到的點子都要用索引卡寫下來，釘在一面板子或數張大壁報紙上，掛在會議室四周。團隊成員都可以寫下想法釘在板子上，也可以去他有想

法的區塊上留字，或是由專家會議帶領人把這些點子張貼在大家看得到的地方，加以討論。藝術家也可以開始就他們的想法畫一些草圖，釘在寫下的點子旁。

在分享過一些想法之後，基本上我們就能看出主題和想法的一個樣式。帶領人可以開始將這些想法分成數個給參訪者體驗的個別空間／房間。我們則開始構思參訪者體驗和動線。當參訪者一踏入時，要先看到什麼？接著往哪走？之後要走去哪裡？

由一位藝術家或是創意總監開始在板子、大壁報上畫氣泡圖，或用他們的電腦寫／畫，把這些想法大致描繪出來，再開始規劃體驗的客流動線。

何謂客流動線？

所謂客流動線，是指參訪者前去或留在建物和空間裡或在其周邊及兩空間之間的訪客數量和移動情形。客流動線需考量整個體驗裡每一個別空間可容納多少訪客、訪客朝什麼方向移動。理解並維護好的客流動線，能為參訪者提供最佳體驗；等待時間少一些，不會太擠，還有要更容易找到路。

氣泡圖中每個圓圈的概念都還很粗略，攫取的是各個空間相對的規模大小。圓圈愈大，代表這些空間比其他較小圓圈的空間寬敞。這方式能快速又根本地掌握空間的特性，不必在細節上鑽牛角尖。雖然這些空間也可能在專案進行途中改變或重複，但就專家會議的目的來說，這方式主要是讓團隊對體驗的故事和空間能一目了然，掌握優先順序。

依據訪客體驗的動線是線性或非線性，還可以用不同的方式來呈現。如果是偏向線性的體驗（如：虛擬實境、密室逃脫、飛車、景點、及其他限時體驗），你可以用多個箭頭來呈現客流動線，或者，你的體驗也可以在訪客如何探索空間方面更偏向開放的結尾。不論如何，最後氣泡圖要把所有參訪者能發掘的空間／房間、以及它們如何相互銜接都呈現出來。

這裡舉的例子是線性體驗的各個圓圈標題：

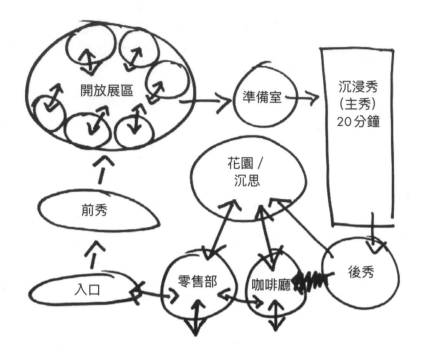

1. 迎賓區／大廳

2. 前秀

3. 主秀

4. 後秀

5. 零售部

6. 出口

7. 咖啡廳／用餐區

8. 廁所

9. 戶外區域

10. 停車場

　　再舉一個非線性體驗例子的圓圈標題（以博物館和藝廊為代表）。每一個房間都能定義成不同主題。這在博物館很常見，展出的物品都按照來源（國

家、地帶等）、創作者、創作時期、格式（如攝影等）、主題或故事，或是依照展示品本身（如面具、陶器等）分門別類。

1. 迎賓區／大廳
2. 第一展間／藝廊
3. 第二展間／藝廊
4. 第三展間／藝廊
5. 第四展間/藝廊
6. 零售部
7. 出口
8. 咖啡廳／用餐區
9. 廁所
10. 室外空間
11. 停車場

　　在展開每個圓圈／空間特性時，重要的是，你要提醒自己一次只說一個故事。每一個圓圈都要有理由證明自己的次要情節或故事線能夠支撐這個體驗的更大主題與故事。這時每個空間還不必發展得太深入，但必須考慮每個空間對支撐這個體驗的故事基礎有何必要性。

一次說一個故事

　　一次說一個故事不是新的觀念，卻被「迪士尼傳奇」斯卡拉（Marty Sklar）明確標舉為「米奇十誡」之一。仔細思考一部電影或電視影集的目的。只用一句話、而且這一句話裡就要把故事梗概簡明扼要描述出來（logline）。在影劇學院我們學過，寫劇本時每個場景都要釋出一個新的訊息。把所有場景結合起來，就是一部完整的電影。同樣道理也適用於主題式體驗的設計。為每

個場景說一個故事／設立一個目標，整合成一個打動情感、吸引人的體驗。但也不要過度思考了。簡單素樸的故事，能讓五歲的孩子也了解發生的情節。

確定每個場景的故事時，說故事人必須能領會這個體驗的情緒。迪士尼樂園幽靈公館的創作群在發展這個體驗時，就是要給人害怕的感覺，這一點都不奇怪。但如何做到既有嚇觀眾的效果，但又不要嚇到跳起來或驚聲尖叫？設計團隊做了研究，並從真實故事比方說加州聖荷西神祕屋（Winchester Mystery House）莎拉‧溫徹斯特（Sarah Winchester）的靈異故事得到靈感。而且他們還自己編故事，像是一位幽靈船長殺死他的新娘。

但問題是，他們要說哪一種恐怖故事，以及如何講述這座幽靈公館？他們想出一個絕妙點子，創造出「鬼屋主」的角色，向參訪者下戰帖要他們去找逃生出口……，不然，就會加入幽靈變成第一千隻「開心鬼」。就在他們反覆推敲這些想法時，華特和他的團隊還為景點增添了幽默感，讓這裡老少咸宜所有人都覺得超好玩。

華特很早就明瞭，所以他要他的「嘉賓」（華特稱呼樂園訪客的方式）覺得自己是故事的一部分；不只是旁觀者，而是劇情的參與者。華特有先見之明，意識到吸引嘉賓來到實體景點的優勢。因此，和傳統乘坐設施如旋轉木馬、雲霄飛車那樣的遊樂園很不一樣，這裡能明確感知觀眾的存在。還不僅如此，來賓還有角色要扮演。至此，方是好的敘事。

思索你的客流動線時，需考慮故事如何從一個空間向下一空間展開。在每個場景都大膽嘗試大概念，並把它們寫進各個圈圈內。

幽靈公館就是在每個場景／房間一次講述一個故事完美的景點案例。

場景分解

入場大廳

嘉賓們茫然走過令人發毛的怪異庭院，進入闇黑的大廳裡，廳內燭光閃爍、一台看不見的管風琴演奏著揮之不去的曲調。「鬼屋主」的聲音歡迎它的

嘉賓蒞臨，說出已經廣為人知的台詞：「當鉸鏈在無門的房間嘎嘎作響......。」

故事——歡迎蒞臨這座鬼影幢幢的公館

肖像畫藝廊（無限延伸的房間）

當鬼屋主還繼續說著話，嘉賓們進到了一個燈光昏暗的肖像畫藝廊，祕密門板也滑動關上消失在牆中。房間在拉長，露出過去住戶病懨懨又滑稽的肖像。鬼屋主發出戰帖，要我們在無門無窗的房間裡找路逃出去。當然，鬼屋主總是魔高一尺。

故事——找路逃出去

肖像畫廊

嘉賓們步出藝廊進入廊廊裡，發現一系列令人在意的肖像畫。就在廊廊盡頭，發現有些白色臉孔的半身雕像要跟著他們來。接著，賓客來到一個會移動的平台搭乘黑色「末日馬車」，把他們載去做其他的「訪問」。

故事——有人監視著你

沒有盡頭的廊廊

爬上很氣派的樓梯，旅程繼續領著嘉賓經過一個昏暗朦朧的廊廊，露出這座公館隱藏的邊廂。嘉賓們經過散發陰森氣息的整套盔甲、在廊廊裡飄來飄去的大燭台、砰砰作響的門環、發光的眼睛、門後伸出的骷髏手，還有一個指針不受控的幽靈時鐘。

故事—你愈來愈進到公館深處

保存室

嘉賓們瞻仰公館家族一位最近亡故成員的靈柩。亡者哭喊著要出來，兩隻骷髏手企圖打開棺木蓋。

故事——你無處可逃

降靈圓形房

嘉賓們進入一個正在舉行降靈會的圓形房間。一顆發光的水晶球飄在空中，球內是靈媒莉奧塔夫人的鬼魅幻影。當她唸起神祕咒語，許多東西和樂器都會在房內四處飄起來。

故事——你進入靈界了，什麼事都可能發生

舞會大廳

嘉賓們登上一個通道，親眼看到豪華的宴會廳裡正在舉行一場鬼魅派對。雖然它們都死了，但鬼魂們似乎都陶醉在繁華的舊時光；吹熄蛋糕上的蠟燭，跳著舞、享受美食、美酒、唱歌，還有一對一的決鬥。

故事——快來加入我們

閣樓

嘉賓們進到已故新娘們的閣樓，裡面到處都是她們的行李箱、古老器物、畫像，還有許多已被遺忘的東西。這是一位已故很久的新娘經常出沒的私人處所，我們會在房間盡頭遇到她。

故事——不是每個故事結局都是「從此過著幸福快樂的日子」

墳場

　　嘉賓們離開公館來到墳場，他們在那裡遇到各式各樣的幽魂唱著：「……看不到希望的咧嘴鬼呀！出來交朋友吧……」

　　故事──我們可能死了，但還是咧嘴笑著。（換句話說，「不用感到遺憾。死掉沒那麼慘啦！」）

陵墓入口（一群搭便車的鬼）

　　就在嘉賓要進入陵墓把墳場拋在腦後時，有三條鬼魂立著想搭便車。嘉賓從鏡子裡看到鬼魂映照的反影，發現其中一條鬼魂就坐在他們身旁，準備跟著賓客們回家。

　　故事──我們可以跟你回家

陵墓廳廊

　　隨著嘉賓沿通道而下，他們會遇到一個「小奧莉塔」的實體現身，帶給他們一則恐怖的訊息：「快回去呀，快回去呀！如果決定加入我們，記得帶著你的死亡證明書……現在就做好最後安排……我們想死了你的到來。」

　　故事──永遠歡迎你回來

　　透過在每個場景／房間一次講述一個故事，幽靈公館成功將來賓的旅程拆成數個吸引人且帶有戲劇化的篇章，而且維持「陰森怪誕全家同樂」來鉤住情緒。要注意如何不讓整個旅程變得太恐怖。在輕鬆享受恐怖時刻與經常性的滑稽時刻之間，要給嘉賓們一些「小憩」。

　　一個好故事會有高低起伏，意思是不能一成不變定焦在一種「感受」上。而是有一種「感受驅力」貫穿整個體驗，但觀眾能充分體驗到各層次的情緒。

最後，你要觀眾因你的體驗而感動，甚至希望他們因體驗而改變。

考察之旅

專家會議期間，或許你很幸運能跟團隊去專案場址、或是能給專案帶來靈感的地點考察。我的專案曾帶我去到世界各地，從北京到奧蘭多。這類行程往往是去跟客戶團隊會面或合作，同時讓自己沉浸在他們的文化、公司及環境之中。

我記得與BRC Imagination Arts合作時去了北京和上海出差，和電信業的專家們會面，好為2010上海世博會打造信息通信館（Information and Communications Pavilion）。我們拜訪了上海電信博物館人員、與中國移動和中國電信的代表們會面，甚至到不同年齡層的人家裡採訪，了解他們的手機使用情形。此趟考察負有研究及事實調查的任務，也是一趟靈感之旅。我們得以讓自己沉浸在那個國家、文化和生活風格裡，以描繪符合中國歷史和未來電信樣貌的真實圖像。

專家會議之後

專家會議和考察之旅後，團隊分別回到辦公室和工作空間，開始展開他們的工作。設計師們開始設計，藝術家開始繪製故事板和其他主要場景，作家們開始寫作，而創意總監則是確保每個人都有做好進入下一個概念／設計階段的必要準備。

作家的工作是確認所有專家會議列出的大概念都能整合在體驗的故事中。作家與創意總監密切合作，在各專業間發揮「敘事黏著劑」的作用，確保每個人都是對一個整體體驗進行設計。就是從這個時候起，作家要開始對各種基本問題發展出答案。

大提問

沉浸式敘事提問輪（ISQ）

　　一如所有好的故事，作家／說故事人一定會針對體驗提出WHY（為什麼）、 WHAT（是什麼）、WHO（誰）、WHEN（何時）、WHERE（在哪裡）、HOW（如何）等問題。這個探問法可追溯至亞里斯多德的《倫理學》，有助於了解「一事件的要素」。亞里斯多德發展這套體系雖然是用來檢驗一個人的行為是否出於自願[10]，但許多人已經習慣用這方法探索故事的特定要素。記者、警察、及調查人員會在研究、報導和寫作時，使用這個方法描繪一特定事件的全貌。

　　我們也能把這個好用的工具以一個簡單圖表應用在沉浸式敘事上，我稱之為「沉浸式敘事提問輪（ISQ）」。以腳踏車車輪比喻的話，體驗的WHY就是輪子的中心點（軸心），由它來傳動所有的其他元素，特別是WHAT、WHO、WHERE及WHEN（輻條）。HOW（輪緣）為整個體驗的封裝，是假定提問正確之下，參訪者如何體驗你的故事，以及他們如何感受。這些元素的任何一項都能再細分為更多問題。匯聚起來時，每個元素在整體的故事體驗中，都有它重要的功能角色。

　　接下來，我會逐一詳述每一項元素。任何元素可能都不只有一個問題（而且最後還要解釋定義），而你想為你的體驗輪考慮哪些問題，就交給你自己決定。

---

10 Aquinas, Thomas (1952). Sullivan, Daniel J. (ed.). The Summa Theologica. Great Books of the Western World. Translated by Fathers of the English Dominican Province. Encyclopedia Britan- nica. pp. Q7. Art. 3. Obj. 3.

沉浸式敘事提問輪（ISQ WHEEL）

沉浸式敘事提問

　　這些是我對每個體驗都會提出的問題。這裡把它們分門別類如下，在後續章節，我會以不同的順序說明每個問題的處理方法。

WHY

● 為什麼要與世界分享這個故事？

WHO

● 你的觀眾是誰？
● 你故事裡的角色是誰？

WHAT

- 你想在觀眾裡創造什麼變化？
- 你的主題是什麼？
- 你的故事要實現什麼願望？
- 你的體驗氛圍和調性是什麼？
- 你的觀眾扮演什麼角色？
- 參與的規則是什麼？
- 體驗的情感定錨是什麼？
- 可比擬成什麼事物？

HOW

- 你的觀眾會如何感受？
- 你的觀眾如何體驗你的故事？

WHERE

- 你故事裡的真實性在哪裡？
- 你的故事設定在哪裡？

WHEN

- 你的故事發生於何時？

為什麼向世界分享這個故事？

就像大腦能在自然可見的形式中察覺出規律——
一張臉、一個形體、一朵花——
在聲音中也是如此，同樣能察覺出訊息中的規律性。
故事就是可辨識的規律，在那些規律中我們發現意義。

我們用故事讓世界變得有意義，並與他人分享見解。

故事是噪音中的信號。

你會發現故事的推動力極為強大，大到就算不存在，我們也看見了。

——法蘭克‧羅斯（Frank Rose）
《沉浸的藝術：我們為什麼說故事？》
（The Art of Immersion: Why Do We Tell Stories?） [11]

如同我在前面章節提過的，提問輪（ISQ）中WHY是你要問的最重要的問題。就是這個答案撐起你的體驗。做為說故事人，你需要了解你故事的意義。對生命和人類處境，你想傳達什麼訊息？

回答WHY的提問，等於也開啟建立故事核心基礎與敘事主旨（narrative thrust）的歷程。敘事主旨驅使觀眾在你的體驗中，以一種深具情感說服力及戲劇化的方式向前推進。這過程很類似劇本寫作，但複雜許多，因為你必須在經常是非線性的格式中全神貫注投入你所有的感官。而要能吸引觀眾投入的祕訣就是，你要了解他們如何感受你的體驗。

就像設計師都是有目的地進行設計，說故事人同樣也需要在故事中蘊含目的。一個建築師不會隨便在建築上砌一磚一瓦。一個設計師也不會隨便把一個設計元素置入作品中。

作家為賦予故事意義，必須有目的地選擇主題、世界、角色、活動、和其他故事元素。所有選入的事物都應該歸屬於這個體驗。它們是一個整體的各個部分，用來支撐故事的主題。它們的歸入是為了支持更大的故事，對更大的故事增添重要的層次。如果一個設計元素無法支持主題，那就不該歸在這個體驗裡。

有目的地對你的觀眾發出敘事訊號，也就是，你的故事要刻意設計、而且所有細節都要毫不馬虎收束好。這表示體驗的設計不僅僅表面上秀色可餐，自拍起來好玩、貼在社群媒體上好看而已，更是說出更大目的的作品。蘊含目的

---

[11] https://www.wired.com/2011/03/why-do-we-tell-stories/

就有意義；而帶著意義，就會造成改變。

> 如果你想要某些人改變心智……
> 你必須觸動他們的內在核心。
>
> ——珍・古德（Jane Goodall）[12]

在一開始時就好好了解為什麼說這些故事，這有助於探索為何要分享你的獨特故事。我們說故事的原因不一而足。我們說故事是要傳達及教育。我們說故事療癒。我們說故事，因為不想感到孤單。我們想把自己的經驗分享給他人，好讓他們不孤單。我們想與他們連結起來，感到有所歸屬。我們想了解世界。我們想找尋生命的意義。我們想把故事傳給後代。我們說故事，因為我們終將死亡。故事，如果沒說出來可能凋萎或被遺忘。我們說故事是要產生共鳴。透過同理他人感受，我們看到一個故事藉由他人之眼鋪陳開來。最終且重要的是，我們說故事是為了在觀眾裡創造一種變化。我們說故事激勵他們，帶給他們力量。

做為一個說故事人，你有影響觀看者和參訪者的力量。你能形塑一個世代。你能改變一種心態。你能激起人們動機去做原以為不可能的事。你能鼓舞人們追求的熱情。你能教育所知有限的人們，帶給無助者力量。一個蘊含強大情感的故事能做任何事情。

做為一個說故事人，你要向世界揭示與分享的事情，必須夠重要且夠特別，保證不會浪費觀眾的時間（及金錢）。除了創造的事物要令人難忘、引人入勝外，你應該立志對觀眾說一個有意義的故事。如果你相信你有力量與責任去改變、影響、並啟發觀眾的心靈，就能使你的敘事更上層樓。你能改變這個世界，能在每次的講述都改變一個人。

---

12 https://www.forbes.com/sites/francesbridges/2020/04/30/jane-goodall-champions-pragmatism-for-progress-in-national-geographic-documentary-jane-goodall-thehope/?sh=67b3df241d3c

峇峇娘惹博物館（新加坡）

　　幾年前，在一位朋友的推薦之下，我首度訪問新加坡的峇峇娘惹博物館（Peranakan Museum）。參訪前，我沒什麼特別期待，因為我去過的新加坡博物館大多很有趣，但對我意義不大。直到我來到這個博物館。根據峇峇娘惹博物館官網上描述，這是——探索東南亞峇峇娘惹社會文化，擁有最精美且最全面峇峇娘惹文物收藏——的一座博物館。「峇峇娘惹」（Peranakan）是印尼馬來文，意指「後代」、「本地生長的」，甚至還有「近親通婚」的意思。Peranakan中的anak字根，在印尼語中意指「孩子」。

　　什麼是峇峇娘惹史？西元十世紀以降，中國貿易商陸續湧進馬來亞（馬來半島及新加坡島）；但直到十五世紀，中國皇帝才真的重啟中馬貿易關係，因此大量的中國大陸貿易商永久移居到這個地區。這些貿易商大多與當地女子通婚，他們的孩子便在既非純華人、也非純馬來人或印尼人的家庭長大，能說不只一種語言。經過幾十年後，形成一種融合中國以及當地傳統、文化和飲食的獨特文化。這些中國商人與當地女子的後代，稱為峇峇娘惹。

　　為什麼這座博物館的體驗對我有意義？因為我是出生在印尼的華裔美籍女性。我母親那邊的家族至少已有四代居住在印尼。我的外曾祖父來自中國，在印尼娶當地女子，也就是我的外曾祖母。我的外婆和她的兄弟姐妹是我們家族第一代的峇峇娘惹。

　　這座博物館以許多方式向我講述。那是我有生以來第一次去一個述說我的歷史的博物館。我曾經去過印尼歷史博物館、中國歷史博物館、華裔美國人歷史博物館、和美國歷史博物館。但峇峇娘惹博物館很特別，因為它說的是跨多種文化的一個特定族群的故事。這也是第一次我看到許多和我面貌相仿的人們，他們的照片就掛在牆上。這個體驗給我強烈歸屬的衝擊。我了解並領會身為峇峇娘惹的意義，並油然感到光榮。這個體驗改變我和我的視野。我不再覺得被排斥，因為這座博物館代表我的族群史。在這個體驗裡，我不覺得自己像局外人。這個體驗把一面鏡子放在我面前，並對我說：「看，這就是妳啊。」

58

你的觀眾會如何感受？

世上最好且最美麗的事物是看不見、甚至摸不著的。
它們需要你用心才能感受得到。

——**海倫·凱勒**（Helen Keller）

　　ISQ提問輪的第一個問題HOW，要問一個很重要的問題——你的觀眾如何感受。你的觀眾一進到你的體驗時會有某種特殊的感覺。那就是他們的現況使然，代表他們的日常生活和原本的心態。當他們進入體驗裡，你希望他們的感覺開始有所轉變。在體驗中途，或許他們會受到觸動進而去發問、質疑、或想像。但是，去影響觀眾感受到什麼，這是什麼意思？

　　想想最近一部你看過的電影。某些特定角色如何製造你的感受？特定場景又帶給你怎樣的感受？在電影結束後有些角色和場景仍使你意猶未竟嗎？你可曾納悶箇中原因？可能是它們以某種意義與你產生共鳴。可能是那部電影喚起你內心從未被喚起過的某些東西。可能它使你想起某些人某些事。也可能它只是單純問了一個問題，假如那是我的話？在那情況下，我會怎麼做？

　　一個故事說得好，就像富含情感的雲霄飛車。有高低起伏的情緒，引起你思考自己的人生。那些好故事也能讓我們在不需承擔實際結果之下，以安全的方式體驗他人的人生。

　　情感並不是電影的專利。我們在拜訪每一處迷人的場所時，都體驗著情感波動，從國家公園到主題樂園都是如此。這裡列舉一些體驗的例子及其對應的情感：

- 幽靈公館，迪士尼樂園　　　　　　　　　　　　　——恐怖好玩
- 紅木溪挑戰小徑（Redwood Creek Challenge Trail），　——冒險十足

迪士尼加州冒險樂園

- 莫內博物館（Musee Marmottan Monet） ——啟發人心
- 安妮·法蘭克之家（Anne Frank House） ——發人深省
- 優勝美地國家公園（Yosemite National Park） ——肅然起敬
- 非裔美國人歷史與文化國家博物館 ——還權於民
  （National Museum of African American History and Culture）
- 侏羅紀科技博物館（Museum of Jurassic Technology） ——好奇滿點

仔細思考你要觀眾如何感受，這是設計體驗時要問的最重要問題之一，因為這有助於你建立體驗的調性，在後面章節我們還會討論到。但基本上，要用一個詞就精準描述出你要給觀眾怎樣的感受——好奇、恐懼、快樂、哀傷，甚至憤怒或懷疑。那可以是一個名詞或形容詞。以《星際大戰：銀河邊緣》（Star Wars: Galaxy's Edge）[15]來說，我用的詞是「期待」。

迪士尼幻想工程代表作星際大戰主題園區的創意執行部長史考特·特羅布里吉（Scott Trowbridge），在專案一開始就問我們一個非常重要的問題。他問，「我們都知道什麼是星際大戰，但星際大戰對我們究竟有何意義？」史考特口中的「我們」，指的是那些來園區體驗的最重要的人——我們的嘉賓。

星際大戰鐵粉們已等了四十年以上，才得以走進實體的沉浸式真實園區，這裡代表他們最狂野的星際大戰狂想。可想而知，他們會有多期待。我們在設計時，心裡最初想到也最重視的，就是這群鐵粉。我們想要粉絲們滿懷敬畏與期待，興奮地從一個角落跑到另一角落，看遍黑峰站（Black Spire Outpost）的每一個細節。我們想要觀眾持續不停地探索，透過他們燃燒熾烈的期待持續不斷地為他們添加柴火。

在思考參訪者如何感受時，要考慮他們對你正在設計的主題或世界有多熟悉。我們會考慮到所有層級的粉絲群，從對星際大戰一無所知的嘉賓，到能找

---

15 https://disneyland.disney.go.com/destinations/disneyland/star-wars-galaxys-edge/

出園區內每一個「彩蛋」且深諳典故的超級粉絲。我們希望在園區內的每個人都能對下一個活動滿懷期待。我們要嘉賓們都有很棒的探索感受。這種感覺必需體現在方方面面的設計上，從飛車到建築到零售周邊商品的體驗，甚至到牆上的爆破孔那麼微小的細節。

侏羅紀科技博物館（加州洛杉磯）

我第一次拜訪洛杉磯卡兒弗城的侏羅紀科技博物館（Museum of Jurassic Technology）[16]時，不清楚要期待什麼。根據某位同事的推薦，我只知道是「一座奇怪的小型博物館」。他形容那是一座「反博物館的博物館」。我不明白他的意思，直到我首度造訪。那真是一個就算你只是走過不起眼的門進入燈光昏暗的服務台／禮品店空間，你也會被驚訝與好奇震撼到的地方。

從我腦海跳出第一個問題後，整個體驗過程中就沒再消退——這是什麼地方？我繼續探索這奇特之地的旅程，腦袋裡開始浮現更多疑問。這是一座博物館？還是藝廊？這是走進珍奇櫃的體驗嗎？我在看什麼？為何這個會在這裡？

這個令人好奇的地方激起許多疑惑。這個地方要你把注意力放在事物上。要你仔細看看那些在外面世界永遠得不到關注的事物（或事物組合）。無論物體是否放在玻璃櫃後，需不需要用顯微鏡觀察，還是掛在牆上，或是雅緻地展示在玻璃球內，都很歡迎參訪者更靠近一點觀看。這裡確實就是一個珍奇櫃。對我而言，這裡完美捕捉到赫然發現一個塞滿怪奇事物、曾屬於某怪人的怪奇閣樓的感覺。從透過顯微鏡才看得到的藝術，到附有標題意味深長的動物剝製標本，所有你以為你知道的有關博物館或藝廊的一切，都在這裡被重新質疑。

在體驗快結束時，我疑惑著為什麼所有東西都掛在牆上、或陳列在玻璃櫃後面。究竟，是誰決定什麼值得放在博物館裡？這個體驗提出一種主觀視角，我們，也就是觀眾，在這視角中相信這些物體樂意成為「藝術」或「珍貴事物」，而且還認為值得我們注意。那麼，我們是該盲目接受這個策展，還是應

---

16 https://mjt.org

該質疑或感到奇怪？

　　這個博物館裡有個我很喜歡的空間，是一座小型露台庭院，你可以在那裡享用茶和餅乾。我認為這個露台庭院有個功能，提供一個地方反思剛才觀察到的事物。這個侏羅紀科技博物館如此獨特的異世界感，我覺得彷彿去到了不同國度旅行般驚奇刺激。它巧妙攫住我如孩童式的驚奇，就像第一次觀察與發現事物一樣。它是要我停下腳步並去關心周遭的各種事物。

你的觀眾是誰？

我認為我們一直嘗試在漫威漫畫中找出一種獨特的方式，
而且是要從漫畫中找出忠於角色且符合粉絲認知和期望的獨特方式。
同時，在製作上不僅對準主流觀眾、還要盡量使廣大的觀眾
都能找到融入其中的方式。

——凱文・費奇（Kevin Feige，漫威影業總裁）[17]

在ISQ提問輪中，WHO最重要的問題不外乎都與旅程中的英雄——也就是你的參訪者有關。其他所有人、甚至你故事裡的角色，都只能算是次要階段。

這很像寫電影、電視影集腳本或演講稿時，你必須知道觀眾是誰。更準確地說，那是你的目標受眾（target audience）。體驗固然要設計成所有觀眾都能樂在其中，但如果你的體驗有強烈引起超級粉絲共鳴的獨特故事，那首要任務應該是將故事聚焦在這特定的一群人身上。把故事好好呈現給目標觀眾，其他再自然跟進。

在博物館界，有一組用語叫做「裸奔型」（streakers）、「遊蕩型」（strollers）、和「研究型」（students），這是一位前美術館總監喬治・麥當勞（George MacDonald）在1990年代所提出的點子。裸奔型的人，在展覽裡快速移動並收集這空間的大致印象，不會被體驗給影響或留下深刻記憶。他們參觀羅浮宮就是為了看《蒙娜麗莎》，或許還列了其他「偉大名作」的必看館藏清單，此外一概興趣缺缺。

遊蕩型的人，會花個幾分鐘停留在他們感興趣的各個展示點上，吸收一點資訊，也可能學習　些新知。他們可能從一事物移到另一事物，端看什麼勾起

---

17 https://collider.com/ant-man-kevin-feige-talks-expanding-mythology-avengers-more/

他們的興趣，但都不會久待到足以吸收每個細節。許多孩子都屬於這一類。跟蜜蜂一樣，從一朵花遊蕩到另一朵，得到他們能得到的，然後繼續往前走。只要能引起興趣，他們就會回應相當的關注，但是當覺得不有趣了就會走開。

研究型的人（後文稱為學者）停留時間最長，研究並觀察每個新的細節。學者就是主題樂園裡的超級粉絲。他們不僅對主題內容滾瓜爛熟，而且充滿熱情。甚至比設計師本身更熱情得多。他們會在博物館內讀標題上的每個字、吸收相關資訊、還會反思學到了什麼。他們以自己的方式有條理地體驗博物館，而且還確保自己勤勉盡力學會一個主題。

最終，你要考慮如何設計每個參訪者都會喜愛的體驗。愈能在各種不同族群的參訪者中引起他們的關注，就愈可能成功創造備受喜愛的體驗。

尊重學者

讓我們試想你正在設計一個「美國史上百大最佳電影」的展覽。如果倒回去從學者開始做起，你會如何為影迷（你的目標受眾）設計這個體驗？他們是驗證你的展覽內容和呈現方式有沒有效的人。所以，你必須在「青空期」就把一些研究學者帶進來。「青空」（blue sky）是腦力激盪及大概念生成的階段。早期階段允許你做大夢，盡情發想最大及最好的點子。這些學者能發揮共鳴板（sounding board）的功能，擔任諮詢顧問。他們能提出一些很棒的點子，使展覽更具可信度。

不過，學者並不是博物館設計或沉浸體驗領域的敘事專家。他們或許能把主題內容挖得更深，幫助你發展WHAT（什麼電影算得上最偉大？）、WHY（為什麼這些電影最偉大？）、以及WHEN（它們製作於何時？），但學者不見得了解HOW（我們如何說這故事？）。而HOW正是做為作家與說故事人的你需要大顯身手的地方。

研究的重要性無需我再強調。做為作家，你有權力也有責任講述真實精確且完整的故事。做為說故事人，你有獨享特權的機會，從公正的觀點去看一個主題。你有能力去鼓舞、啟迪、及改變觀眾的心態。

考慮美國史上百大最佳電影時，你負責決定這些電影要涵蓋到多大範圍？以哪些要素決定這些電影是否「偉大」？你會諮詢美國電影協會（American Film Institute）、各大學和其他著名機構嗎？除了向學者尋求建議外，你還會帶入哪些人或事物，好讓自己能在通盤掌握下做決定？你得閱讀電影史、訪談一些製片人、與其他領域的專家聊聊、看很多電影，而且知道自己是否對相關主題具備充分的理解。

或許你會考慮書裡或其他媒體裡看不到的小道消息、或幕後花絮等資訊。或許你考慮在展覽中與眾編劇及導演進行獨家專訪。學者們來展覽是尋找深度資訊和難得一見的內容。他們搜找更多的細節和細微差異，好讓他們在這主題的知識井裡注入活水。做為作家及說故事人，你可以自我挑戰去創造帶給這些學者柴火、吸引他們沉浸的內容和體驗，甚至還能進一步請他們暢談自己的愛好。

從裸奔型到遊蕩者，再到學者

我就從實招來。有時候在趕時間或主題不很吸引我時，我會在體驗中變身成裸奔型。在展覽或體驗的過程中，我會「嗯好，不過這要幹嘛？這有趣嗎？我幹嘛在乎？」體驗剛開始時，我會帶著某程度的開放態度，快速從一個空間走到另一個，但如果前幾分鐘沒有勾住我，接著就會變成漫不經心地遊逛。

時間是我最寶貴的資產，如果體驗無法從一開始就引誘我，我會在這段時間裡找其他事情來做。就像拿起一本新書來讀時，要是前一兩個章節沒把我拉進書中世界，我就會闔上書本不再拿起。這幾乎就是，如果你不能立刻勾住觀眾的話，你就會失去他們。

然而，有些體驗也可能從此改變我對一個主題感不感興趣。因為體驗有影響我去注意那個主題、把我從裸奔型轉變成遊蕩型的本事。這就是在發展一個體驗時，問「這故事值得分享嗎？」之所以重要的原因。如果這故事值得一說，那你才可能改變人們對一個故事或主題的既定想法。

做為說故事人，終極目標可以說就是去把裸奔型變成學者。一個遊客可能

剛踏入體驗時不太感興趣或根本沒興趣，但當他們離開時，他們受到影響且有所轉變。他們可能在離開時還想更了解這個故事或主題，以致最終成了愛好者。

去影響甚或改變他人對一個故事、想法、或／和主題內容的心態，這樣的能力是一個強有力的概念。這也是我們做這份工作的原因之一。我們想為闔家大小創造許多有意義的時刻和長長久久的回憶，不論他們對一個主題感興趣或熟悉程度如何。如果每個人走出體驗時都能有一些新的收穫，覺得感動，那我們就算做得不錯了。

你要在觀眾裡創造什麼變化？

　　終於來到ISQ提問輪的第一個問題WHAT。你要在觀眾裡創造什麼變化？

　　最好的故事能改變你。想想你最近讀的一本好書或好看的電影。它會陪伴你。在你身邊徘徊。使你思考、陷入沉思。這就是一個好故事應該做的事。使你反思人類的處境，讓你不感到那麼孤單。一個很棒的故事能改變世界，一次改變一個人。

　　那麼，要如何在觀眾之中創造變化？這裡有四個較容易感動與轉變觀眾的方式。

1. 真理——說一個擁抱普世真理、有感情的故事
2. 個人——故事要和個人有關
3. 現況——故事要貼近觀眾的現況
4. 共同體——創造一個能與他人連結的世界

　　接下來我會逐一說明。

1. 真理——說一個擁抱普世真理、有感情的故事

　　在設計體驗時，你的目標是歡迎所有類型的參訪者，無論他們的族群、國籍、性別、人種、信仰、年齡或性傾向。如果展覽內容僅限成人觀眾，或是規格不適合兒童（例如有身高限制），那年齡可能是一個因素。但儘管如此，我們所有人還是有共通性，就是我們都是人類。我們人，總是在自己獨有的人生中體驗整個情緒光譜。我們的共通點就是我們都有快樂、悲傷·憤怒·嫉妒、好奇、興奮和不知所措的感受，無論我們是誰或出身何處。

　　所謂的普世真理，就是能應用於所有人的事理，無論身分或出身。愛與幸

福的追求就是普世真理一個很好的例子。誰不想找到愛，不想與另一個人建立關係？誰不想少一點孤單的感覺？

但並非所有的普世真理都是正向積極。普世真理也包含嫉妒、報復、野心和貪婪的行為。當莎士比亞撰寫他的喜劇與悲劇時，即有相當深刻的理解。他的故事歷經時代的考驗，數百年來深獲全世界人們的共鳴。無論我們是誰，他的故事都很容易懂。而且總有一個角色或一個故事使我們感同身受。

我最喜歡的一個普世真理是，人性中有強烈的自我保護需求。我總是細思：你會為你愛的人做什麼？為了保護他們，你會做到哪個程度？這些問題總在文學和娛樂中催生很棒的故事，從戈馬克‧麥卡錫（Cormac McCarthy）的末日後啟示小說《長路》，到迪士尼動畫電影《冰雪奇緣》。一位父親對兒子的愛會使他不顧一切鋌而走險，只為保護他年幼無知的孩子。而姊妹之愛無遠弗屆，即使得冒著生命危險去救自己的姊妹。

創作你的故事時，記得擁抱這些普世真理，好讓你的體驗富含情感、引人入勝、且具有戲劇張力。沒有戲劇不訴諸情感。這直接關係著你要觀眾在體驗過程中如何感受。所以要說一個以人類普世真理為基礎的故事，如此一來，我們就能夠體驗到相同的情感。

透過探索體驗的普世真理，你得回答為什麼這個體驗很重要、以及為什麼這世界應該要有這個體驗。這直接影響為什麼觀眾應該在意你的故事。儘管觀眾的背景各有不同，如果你擁抱有說服力的普世真理，無論經歷這體驗的人是誰，都會被感動且帶來改變。

非裔美國人歷史與文化國家博物館（華盛頓特區）

擁抱普世真理的一個最佳實例，就是非裔美國人歷史與文化國家博物館（National Museum of African American History and Culture）[18]。體驗這座博物館的過程使我感動，而且擁有自主權，這是我在其他非裔美國人歷史博物館前

---

[18] https://nmaahc.si.edu

所未有過的體驗。

　　整個體驗從一艘奴隸船的底部（底艙）開始，帶我經歷非裔美國人歷史中許多觸動人心的劃時代事件（一段很難在任何教科書找到的歷史）。對一個參訪者來說，這座博物館的構造令人歎為觀止，當你隨著年表往前進時，你在建築物裡也正一步一腳印地逐漸登高。體驗一開始時你是在一艘奴隸船裡（在那裡你會感到困頓、幽閉、恐懼、脆弱），但最後結束時是在博物館明亮又通風的頂層，周圍環繞許多非裔美籍英雄的成就與一生，感覺是希望與樂觀。儘管這段歷史根植於深不可測的恐懼，但故事希望傳達出希望與樂觀。這是一個述說人類精神力量的感人故事。儘管我們國家——美國的種族歧視問題如何盤根錯節，非裔美國人依然奮力去挑戰，而且每一天都為了他們的權利不斷與之對抗。

　　走出博物館我了解到，美國歷史正是非裔美國人的奮鬥史。隨著我從一個展間移動到另一展間，我體驗到人類生而自由的普世真理。每個人都應享有自由的權利，無論性別、宗教、教義、國籍、膚色或社經地位。這個博物館要引起人們質疑種族、種族主義及其他敏感議題，並且進行對話。它基於普世真理提出許多重要問題：人有權利把另一人當做自己的財產嗎？人有權利在未經他人同意之下決定他人的命運嗎？有一種膚色優於另一膚色這種事嗎？誰能訂定規則？這段歷史對現今的美國有何影響？我們如何進一步導正自己下意識的各種偏見？成為反種族主義者，我們能做什麼？又怎麼做才能改變自己？

　　人類共居同一星球且共享資源，我們必須面對歷史，無論有多黑暗或多麼傷痕累累。在我們聲稱已了解一切做出判斷之前，必須善盡全球公民的責任，去認識這國家裡最被邊緣化的群體之一。有知識才有理解，也才談得上為美國非裔族群倡議的承諾。

2. 個人——故事要和個人有關

　　觀眾愈接近故事，就愈容易被故事打動。對大多數人來說，看全球新聞的衝擊不及國內或當地新聞。發生在地球另一端某人身上的事情，對你的影響也

不如發生在對街或認識的某人身上那麼深。但如何在體驗中創作和每個人有關的故事呢？

　　故事愈貼近觀眾，他們愈相信故事和自己有關。這又可回溯到說一個普世真理、訴諸情感的故事。如果我們無法用一個故事找出任何的共通性，那至少要能對人類處境有共通的見解。我們所有人都會感受飢餓、害怕、快樂、哀傷、嫉妒等等。但是要如何在故事裡找到共性呢？而且無論參訪者是誰，都要和這個人有關。

個人故事就是普遍性的故事

> 個別中含有普遍。
>
> ──詹姆斯‧喬伊斯（James Joyce）[19]

　　讓我們想像正在做一個和美國移民旅程有關的展覽。我們可選擇整個歷史按照時間順序講述不同族群移入這個國家，聚焦在人們心態轉變與訂定政策的各個關鍵時刻。再想像，如果我們聚焦在故事的情感面呢？看起來、感覺起來會是什麼樣子？如果我們講一個特定移民家庭非法越過邊境來到這國家的故事呢？一個家庭的故事有某種意涵，是不論我們從哪裡來都和每個人有關的題材。但如何使觀眾對這移民家庭感同身受？如何使觀眾感受到這種情感就是家人羈絆的普世人類真理？

　　假設你已經把展覽設計成，按照時間順序講述具說服力的悲慘旅程，他們決定離開自己的國家，他們必須冒這個險才能捍衛自己的權利、生命及家人。接著想像，你的體驗最後有一個空間讓觀眾進去一個有地圖投影的房間，或是一個虛擬實境場域，讓人有機會變成這個特殊的移民家庭。

　　享譽盛名的電影導演阿利安卓‧崗扎雷‧伊納利圖（Alejandro G.

---

19 https://publishing.cdlib.org/ucpressebooks/view?docId=ft5s200743;chunk.id=d0e10921; doc.view=print

Iñárritu）用他的虛擬實境裝置電影《肉與沙》（Carne y Arena，虛擬呈現，無法以肉眼觀影[20]）探討了這個概念。這部動人的裝置電影探索移民和難民所遭遇的人類處境。根據真實陳述，伊納利圖擷取一位移民的故事片段，讓參訪者獨自行走這段二十分鐘的旅程。這個體驗如此強大，因此在 2017 年，伊納利圖憑藉《肉與沙》獲頒美國影劇學院認可的奧斯卡史上第一座特別成就獎，表彰他卓越的敘事體驗。

從伊納利圖作品中把主題與旁觀者間的界線模糊掉，我們想到一個靈感，讓我們再回到博物館的例子上。跟隨一個特殊移民家庭的旅程很強大，但還是得與個人更有關聯性才行。那就讓我們用同樣的方式，好像自己就是帶著一對年幼孩子移民的父母一樣，跟著走一遍。

我們以你為第一人的視角啟程，描繪你人生中關鍵的一天。或許你正為旅程的最後一步做打算。你就要帶著兩個子女跨越美墨邊境。你正在家裡打包行李家當，確認孩子們的鞋帶都綁緊了，確定他們都穿對衣物，身上備足食物和水。

你最後一次回望自己的家。兩個孩子哭了，你告訴他們要堅強；他們很快就會在美國有個新家。最重要的是，他們全家在一起。你和孩子一次次冒險跳上火車、搭敞著底座的便車，走不完的漫漫長路，目的地是在墨西哥另一邊的一個房子。你終於來到一個前不著村後不著店的地方，一間塞滿其他陌生人家庭的房子，和「土狼」見面，他就是負責帶你們成功越過邊境的人。你犧牲了人生甚至截去胳臂才來到這裡，跨過地勢險峻的邊境，頂著寒冷，在漆黑夜裡拖哄著兩個小孩。正當邊境近在眼前，你遭到美國邊境巡邏隊逮捕。他們把你帶到某處，硬從你懷中拆散孩子，將你獨自監禁在牢房中。

---

20 https://carne-y-arena.com

你如何感受這個體驗？

透過與每個人有關的故事，能藉由觀眾的感同身受鼓勵他們做出改變。透過使他們變成移民家庭，哪怕只有幾分鐘，我們也能開始理解一個不畏艱難帶著家人穿越邊境的移民可能會有的感受。

當觀眾步出這個體驗，或許可以有個專屬空間讓他們沈澱思緒、分享想法。或許還能讀到其他人體驗過的想法。你可以就如何感受、對體驗有何想法等，給觀眾一些問題的提示。最後，你透過講述一個關於個人的故事輕輕叩進每一個觀眾的情感，故事裡擁抱普世人類真理：父母的愛與保護。他們竭盡所能照顧自己的家人。

3. 現況──故事要貼近觀眾的現況

在線性的敘事格式中，比方說電影和電視，會在主要人物開啟旅程之前先向觀眾介紹他們的現況，那意味著他們的「日常生活」和「平凡世界」。所謂現況是指，在發生巨大改變之前的存在狀態或情況，而現況迫使他們不得不進入旅程。

在沉浸式敘事中，你的觀眾就是故事中的主要人物。你必須先貼近他們現在的處境、現況，他們才可能啟動自己的改變之旅。然而，當每個人都有獨特的現況時，你要怎麼做？如何得知觀眾正在過什麼樣的個人生活？

最好的做法是，在你的體驗脈絡中探索觀眾的現況。假設你正在做一場太空冒險，那我們都是來自地球的探險者嗎？那是我們所有人開始旅程的共通點？盡量貼近觀眾的日常生活有助於他們停止懷疑。換言之也就是，別讓他們太費勁才能享受到體驗。

所謂貼近觀眾現況的概念，通常會問幾個問題：（1）在無論身分為何之下，如何使體驗涵蓋所有參訪者？（2）如何吸引參訪者在某種意義上成為故事中的一角？也就是說，如何創造一個讓他們在故事中看見自己的體驗？這又關係著前面說過的，說一個蘊含普世真理的故事，並使故事和個人有關。

我發現，貼近觀眾的現況最有效的方法是，在你的創作團隊中觀察各種多元想法。以《星際大戰：銀河邊緣》為例，我們團隊中有相當多類型的影迷，有人能流利讀出奧雷貝什文（《星際大戰》中的書寫文字），也有人根本分不清楚《星際大戰》和《星際爭霸戰》（Star Trek）有何不同。透過建立一個可代表不同「觀眾群」的團隊，我們就能像參加社交一樣和別人交流想法，並根據他們對這個授權著作的熟悉程度，得到某某東西有沒有說服力之類的回饋。這對我們來說，是測試新想法可不可行、哪裡要改善的好方法（迪士尼幻想工程師稱此法為「想法＋1」）。如果某個點子無法得到一群人共鳴，我們就必須想出涵蓋性更高的辦法，確保他們對這點子也同樣感到興奮。

貼近你的受眾，才有較大機率用你的故事改變觀眾。千萬別上對下對待你的觀眾，而是應該依據他們對主題的熟悉程度，以溝通為目的。不過，假設你的團隊成員不足以代表可能來參訪體驗的觀眾呢？

比方說，假設體驗是以兒童為目標觀眾呢？我之前與BRC Imagination Arts一起為NASA甘迺迪太空中心遊客綜合大樓協作的《火星之旅：探索者招募》（Journey to Mars: Explorers Wanted）展[21]，就是以未來世代的NASA工作者為目標觀眾，更具體說就是兒童。在這情況下，我們如何根據他們的年齡層貼近觀眾的現況？我們知道，體驗不能徒具教育性，還要超級無敵好玩才行。

> 如果不能簡潔說明，就表示還不夠了解。
>
> ——傳阿爾伯特‧愛因斯坦（Albert Einstein）所言[22]

在《火星之旅：探索者招募》例子中，團隊必須確保這展覽對孩子既簡單好理解、還要充滿樂趣。在NASA甘迺迪太空中心遊客綜合大樓內其他類似展覽、以及國內其他太空科學展的成功基礎上，我們設計了一個兼具豐富資訊和娛樂性的空間。團隊打造了一個多媒體展覽，凸顯NASA正在發生的事，並為

---

21 https://www.kennedyspacecenter.com/explore-attractions/nasa-now/journey-to-mars- explorers-wanted
22 https://www.quotes.net/quote/9276

孩子們開發簡單的互動遊戲和模擬實驗，給孩子多些動手操作的方式來學習。

一天中會有幾次，展覽空間把照明調暗，鼓勵參訪者坐在空間中央看一場NASA太空深度探索計畫的主持秀。在媒體秀中，我們透過聚焦在一個團隊前往火星之旅的每一步驟，吸引大家注意在NASA工作的精彩刺激。還有「蛋糕上的櫻桃」（cherry on top），那就是你會看到大人們在NASA裡的角色都變成了小孩。孩子可以確實看到他們正在執行探索太空任務。我們就此貼近兒童的現況。

做為說故事人及設計師，我們往往太陷在自己的想法裡。我們站在自己的概念這邊，常常變得太聰明、詭計多端、或是太複雜了，以致專案令人難以親近，而且對觀眾來說太難懂了。有時候，最好的想法正是最簡單的。而使體驗充滿樂趣又高於所有一切。這並不是火箭科學——除非真的要做火箭科學體驗。

4. 共同體——創造一個能與他人連結的世界

> 如果一個人只能想到山、河、城市，那這世界也太空虛了；
> 但我們知道世界到處都有人和我們一樣地思考、一樣地感受，雖然相隔遙遠，
> 心靈卻相近，這使地球成為一座我們可居住的花園。
> ——約翰・馮・歌德（Johann von Goethe）[23]

生為人，我們渴望人生的意義，並努力找尋能懂自己特質、不設期待也不帶成見的人，與他們形成連結。我們想要知道他人會騰出時間，以某種忠實真誠的方式關心我們。隨著年紀漸長，日子變忙，我們的生活塞滿瑣碎家務、工作責任與社會期待。當參訪者們來到一個沉浸式體驗，他們渴望從忙碌生活中暫時脫身，去感受一些東西，以及與他人建立某種忠誠的關係。

---

[23] https://www.clarendonhousebooks.com/single-post/2018/07/28/the-wisdom-of-goethe

沉浸式體驗也算具有「療癒」作用。人們的感覺會被增強，因為這裡不僅允許、更鼓勵人們坦率表達自己。要在體驗中創造一種可讓參訪者放開拘束擁抱，慶祝自己最狂野夢想的情境，這些都要設定在你的世界之中。打造一個能讓志趣相投的人找到彼此的設定，就有機會讓體驗更升級。比方說因為都對特定品牌風格、故事和世界情有獨鍾，所以使他們形成連結。使他們找到相同族類。使他們創造自己的「聚落」或社群。

可以考慮在你的世界裡創造特殊事件、產品、體驗及場址，為參訪者提供一個吸引他們投入終極夢想的平台。你可以慶祝或是獎勵他們的熱心，透過為他們創造動機，鼓勵他們一次又一次地回來。在你的世界裡打造一種圍繞美食及飲品的氛圍，鼓勵大家邊吃邊聊。成立僅供會員俱樂部的專屬通道、或承諾更高級體驗做為號召。探索各種人們能自主形塑如何與他人連結、及形成自己社群的方式。提供一家人都可參與的活動。發展你自己的文化和「語言」。規劃每月、每季、或年度的探索大事件，好將參訪者們集結在一起。

藉由真實的連結，人們找到意義。

隨著意義，人們出現轉變。

位於舊金山的《地下酒吧》（The Speakeasy）[24]，會員觀眾真的且象徵性地改頭換面了。觀眾可著好盛裝出席，或是付費租一整套華麗的咆哮二十年代服裝，步入禁酒令年代的繁華世界。會員觀眾隨心所欲探索賭場、酒吧、夜總會、祕密通道和隱藏的密室，因為他們正處在「沉浸式劇場體驗的『自選冒險』」中，能與年輕時髦的女子、蕩婦、黑幫、走私販互動，充滿奢華與種種奇觀」。會員觀眾額外付費的話，還能巧妙結合到故事裡，成為其中的角色（整個過程從頭到腳都著上華服）。

在創作沉浸式咆哮二十年代「互動式劇場」時，設計師團隊考慮提供觀眾

---

24 https://www.thespeakeasysf.com

會員不同程度的保證。但無論是與卡司角色連結、與服務人員或業者互動,或是和其他觀眾會員連結,都要在這充滿活力的體驗中充分捕捉到咆哮二十年代的精神,讓人覺得自己就是「俱樂部的一員」。

　　這早已不是祕密。每個人都想被看見。但如何創造一個既可以看見他人,更重要的也能看見自己的體驗?

你的主題是什麼？

說得好的故事都有一個有力的主題貫穿而過。
——安德魯‧史丹頓（Andrew Stanton）[25]

　　我在前面篇章提過主題的重要性。每個好故事都有個有力的主題，而且通常不只一個。主題，是故事賴以支撐的錨。回答故事在較深層次上有何關懷的問題。換言之，就是在敘事中反映普世人類真理的訊息。主題可以顯而易見，也可以隱晦含蓄，但都會從你在故事裡所做的每一個決定傳達給我們。終究，是主題給予觀眾關注的理由，對故事增添深度和層次，觀眾因而能在最後找到滿足。

　　要在故事中找到有力主題，最重要的是，從你的視角反映出人類處境；也就是從創作者／作家的視角。你試著傳達什麼？你的信念為何？比方說，你想說普世真理的初戀故事。那麼，你對愛的觀點為何？答案可能視你問的對象而有所不同。

　　在《羅密歐與茱麗葉》中，威廉‧莎士比亞有多個主題，但毫無疑問最有力的其中之一就是初戀。那麼關於愛，他的信念是什麼？大概就寫在其中某個角色的文字裡。勞倫斯神父在戲劇伊始試著警告羅密歐時，他說：「激烈的歡愉終迎來激烈的結局。」這個故事強有力地描繪愛情的危險與殘暴的主題，尤其是青澀的，初戀。在《羅密歐與茱麗葉》故事中，愛情充滿的不是希望，不是寬容、也不理想化——而是猛烈、狂亂、且充滿危險。

　　《以你的名字呼喚我》（Call Me by Your Name）是安德烈‧艾席蒙（André Aciman）的小說著作，展開　位少年和另一位成年男子之間的初戀故

---

25 https://medium.com/tell-me-a-story-grandpa/the-power-of-storytelling-d03bc3729017

事。這類青春成長故事的主題，在標題及故事中描繪起來都很美——那種的浪漫吸引，往往涉及了在另一人身上的自我認同。

這兩個例子剛好是反映同一普世真理的不同主題。設計體驗時問你自己，要給觀眾更大、更深層的訊息是什麼？你想傳達給觀眾什麼信念？

以下是一些常見的故事主題：

1. 善 vs 惡
2. 愛
3. 救贖
4. 勇氣與毅力
5. 青春成長
6. 復仇
7. 背叛
8. 權力與腐敗
9. 個人與社會
10. 孤獨與歸屬
11. 無辜與有罪
12. 信念
13. 友情與合作
14. 仁慈與憐憫
15. 接受與拒絕

上列的主題只是一些例子。每一個主題內還可以進一步探索許多次主題。你甚至可以在體驗裡放進不只一個主題，但最終，故事要有一個核心主題。

但這些主題如何在設計裡表達出來？你可能認為，一個主題式體驗就要確立一個主題，這企圖心未免也太大了，尤其是體驗規模小或展期很短的話。但仔細想想。每一個好故事都是伴隨有力的主題一起出現。對你來說，這是你向

世界分享訊息的機會，把你做為說故事人的理念，確實告訴他們。

由喵狼（Meow Wolf）藝術公司創作、位於拉斯維加斯的 Omega Mart，是另一個使用有力主題創造令人讚嘆的體驗例子。他們在官網上這樣描述他們的目標：「這是一個互動式、令人費解的藝術體驗。參加者在一間驚奇超市探索時，會突然闖進超現實世界和意想不到的風景裡。」

喵狼共同創辦人之一、也是Omega Mar藝術總監的艾蜜莉·蒙托亞（Emily Montoya），在接受《洛杉磯時報》訪談時說道：

> 「這是日常空間的再創造，試著引起你好奇重新關注，以新的可能性去回憶、去疑惑。」蒙托亞說。「我們在Omega Mart裡有這樣的標誌，『顧客請注意！您是否忘了什麼？不要忘了冰塊。不要忘了奶油。別忘了您自己。』這是最重要的。但我們每天都把自己忘了。我們可以選擇、也有自由去重新關注自己和我們周遭的世界，提醒自己我們有能力創造無窮的美好和改變。」[26]

主題賦予體驗更大的目標；帶給他人值得擁抱與珍惜的信念。當你的體驗對齊觀眾的信念與價值時，就會產生魔法般、具變革性的結果。

復仇者校園（加州安納海姆、法國巴黎）

該團隊在發展復仇者校園（Avengers Campus）[27]的主題時，受到漫威宇宙電影故事的啟發。一直都把概念圍繞在英雄和英雄氣概上（我們如何不必當超級英雄，也能成為一名英雄）。他們的靈感來自復仇者們總是團結起來抵抗邪

26 Martens, Todd. "Meow Wolf's Omega Mart is opening in Las Vegas in a pandemic. What to know." Los Angeles Times, February 17, 2021. https://www.latimes.com/entertainment-arts/story/2021-02-17/meow-wolf-omega-mart-covid-era-opening-las-vegas-in-pandemic.

27 https://disneyland.disney.go.com/destinations/disney-california-adventure/avengers-campus/

惡，以及無可否認的事實，他們總是STRONGER TOGETHER（一起更強大）。

　　團隊很喜歡每個人都有獨特之處、能為更大群體做出貢獻這樣的概念。他們圍繞著「個人與社會」的主題，以及一個人如何在群體中做出差別。團隊也鬧了一下蜘蛛人的主題「力量愈大，責任愈大」的概念。我們，做為英雄，如何對自己的行動負責，使這世界更安全、更美好？那麼，我們如何扮演專屬於漫威宇宙、具有崇高目的的英雄呢？

　　團隊花了好幾個月時間提出這些重要問題，而且在主題上不斷再修訂。最後，他們終於得出這些原則：

　　我們受樂觀驅使，相信力量愈強大責任就愈大：你會如何使用那份力量。

　　當一個人選擇分享這份力量去幫助他人，他變成了一名英雄。

　　當一群各有擅長的英雄們肯定彼此的力量，他們變成一個聯盟。

　　當一聯盟聚攏他們的力量合為一體，

　　他們變成「STRONGER TOGETHER」（一起更強大）。

　　這為復仇者校園訂下了不起的使命宣言。他們把許多想法都壓縮到個人和社會的主題中，但經由漫威宇宙的鏡頭來看，體現迪士尼讓參訪者扮演積極角色的目的。

你故事裡的真實性在哪裡？

在ISQ提問輪中，WHERE第一個要問的不是實際可見的坐落位址。而是，體驗中哪裡能發現真理？做為設計師，往往必須從拼湊中打造各種體驗，但如何在你的故事中找到真實性，不至於給人「假假的」、牽強、或不太自然的感覺？造訪國家公園、享受大自然永恆之美的環繞，那是一回事，但要如何以某些不曾有過的東西，創造有意義且令人難忘的體驗？

你需要找出故事裡真實可信的定錨。這個真實性能以不同形式出現：場址、物體、名人、故事的世界、及活動。重要的是，至少要有一種真實性的形式，使你的體驗源自一個真的、名副其實的地方。最成功的體驗無不是從這些形式衍生真實性。讓我們來逐一探討。

場址——為什麼是這裡？

體驗經常以真實的故事現場為基地。如果可以讓觀眾站在「所有事正在發生」或「曾經發生」的地方，故事會更有說服力。許多歷史遺址、國家公園體驗、建築奇觀、獨特的住宅、遺產地標、工廠、及釀酒廠，全都是連結著某些重大意義事件、發展、或名人的結構物或遺址。

植基於真實場址的體驗例子，有九一一紀念博物館、安妮‧法蘭克之家、西班牙聖家堂、博迪（Bodie）州立歷史公園（鬼城）、胡佛大壩、貓王艾維斯‧普里斯萊的雅園（Graceland）、喬治‧華盛頓的維農山莊（Mount Vernon）、盧瑞（Luray）鐘乳石洞、墨西哥西卡萊特（Xcaret）公園、丹麥蒂沃利（Tivoli）花園、赫斯特（Hearst）古堡、安德伍德（Underwood Family Farms）家庭農場、紐約世貿中心一號大樓觀景台、安納海姆的迪士尼樂園。沒錯，是迪士尼樂園！為什麼？因為這是華特‧迪士尼第一座原創的主題樂

園。他親自選址、設計、監督這座神奇樂園的完成。另一個根基於真實場址的體驗例子，也是我個人很喜歡的一個——印尼的森珀雅之家（House of Sampoerna）。

森珀雅之家（印尼泗水）

位於我的出生地泗水的森珀雅之家[28]是一座菸草博物館，這裡也是該公司的總部和製造工廠。這座複合式建築建造於1862年，前身是荷蘭時代的孤兒院，因此建物有濃厚的荷蘭殖民風格。這裡以歷史遺址被保存下來，1932年由森珀雅菸草公司創辦人林生地（Liem Seeng Tee）買下，打算把這裡做為森珀雅的第一座主要香菸製造設備。

我不抽菸，也無法忍受二手菸，但森珀雅之家有很深的歷史淵源，很值得一訪。這裡不只可以造訪歷史遺址和博物館，當你往下看時還能透過窗玻璃，觀察工作者正在廠房樓層裡作業的情形。工作者以驚人速度和精確手工捲出丁香香菸。一排排女性工作者有如和諧演奏交響樂般，確保每一根菸都有捲好、修整整齊、妥善包裝。看著這樣熟練的工作者實際操作（且精益求精）他們的手藝，會有種激勵的感覺。她們的手藝饒富詩意，令人著迷。每當我注視森珀雅的菸草工作者們，總會油然升起一股敬意。一個包裝技工每小時能包好多達兩百包的香菸。當我向館方問及為何工作者都是女性時，一位（女性）管理人友善地向我解釋，因為她們打造了較好的工作社群，而那樣的社群環境創造出更有效率的勞動力。我在想，其他公司可以如何向他們取經！

在森珀雅之家，你還可以參觀一座很迷人的博物館，它以這城市的歷史背景來凸顯該公司的歷史，還有一家兼賣當地製品的禮品店、一間供應在地美食的咖啡廳、以及一家合宜適中的藝廊。另外，他們也提供免費的英語市區導覽巴士。

參訪森珀雅之家時，你知道自己就站在歷史之中。你同時看見一座運作中

28　https://www.sampoerna.com/en/home

的工廠正在製造某一項產品。永遠都不能低估在你分享的故事中，真實現場蘊涵的力量。

物體──你為了看什麼而來？

體驗的故事也可以根植於真實的物體（無論是不是活的）、或是一系列的收藏物。像是動物園、水族館、巡迴展、博物館、自然構成物、藝廊、及期間限定展，都是很好的例子。這個類型中，我喜歡的太多了。包括《圖坦卡門：黃金法老的珍寶》（巡迴展）、芝加哥藝術博物館的《索恩迷你屋》（Thorne Miniature Rooms）、聖地牙哥動物園、新加坡夜間野生動物園、新加坡峇峇娘惹博物館（Peranakan Museum）、紐約現代藝術博物館、華盛頓特區非裔美國人歷史與文化國家博物館、加州聖馬力諾的漢庭頓（Huntington）圖書館暨藝術館與植物園。

參訪者從世界各地而來，為了發現和探索真實的物體。如果世界上沒有其他任何地方看得到相同的展物，你的體驗會更吸引人。細想美國國立自然史博物館（華盛頓特區）的希望鑽石（Hope Diamond）、羅浮宮的《蒙娜麗莎》（法國巴黎），或學院美術館展出米開朗基羅的《大衛像》（義大利佛羅倫斯）。這類體驗最吸引人的就是展物本身。參訪者為了一睹特定展物而來，但他們也可能趁此機會在體驗中探索其他展物。他們來參訪固然有他們的理由和認可標準，但離開時，他們要得到比預期更多的收穫。

這些靈感來自真實物體內在價值的體驗，可以為參訪者創造一段更有意義的時光。做為設計師及說故事人，細想如何創造能夠超越物體本身的場域。如何捕捉真實物體的精神創造一個世界？

名人──你慕誰之名而來？

永遠不能低估名人的力量。我們從一票難求的演唱會、講演者活動，見識

到明星和名人的力量。我們行遍世界，只為一睹偶像風采，甚至我們有些人還跟著他們巡迴，場場不放過。

拜訪聖誕老人，就是展現名人力量的一個顯著例子。我們看到這類體驗以各種不同形式出現，從賣場裡很基本的聖誕老公公見面會，到精心規劃的「聖誕老人之屋」主題，讓參訪者在北極一座主題之屋裡，與聖誕老人度過一段珍貴時光，而且還會收到一組照片和其他聖誕節招待。

迪士尼樂園中的公主是另一個好例子，每年都吸引許多參訪者到來。保證能與他們最喜歡的迪士尼公主見面，與公主合照、說幾句話，還能收到公主的親筆簽名，是很強大的美夢成真。孩子們能與心目中的英雄見面，與英雄們創造特別的回憶。

如同聖誕老公公和迪士尼公主，名人可以是真實、也可以是虛構的。可以健在，也可以是已逝故人。以亞伯拉罕‧林肯總統博物館（伊利諾州春田）為例。來自美國各地的參訪者可以來這裡體驗亞伯拉罕‧林肯的故事。雖然無法真的見到他的血肉之身，但可以在這體驗第二棒的事——跟隨他的足跡，體驗他走過的旅程。

以名人為基礎的真實，很典型取決於觀眾對他的熟悉度，雖然你也可以為體驗創造一個（或多個）新角色，但如果沒有另一種真實性的形式吸引觀眾，會使招睞訪客成為一大挑戰。如果你打算引進新的角色（不管幾位），都應該考慮到體驗開幕前如何吸引觀眾。

故事的世界——你想逃往何方？

另一個定錨故事真實性的方式是，把人們喜愛的故事或智財權（IP）改編成沉浸式環境。《哈利波特魔法世界》（The Wizarding World of Harry Potter）、《星際大戰：銀河邊緣》（Star Wars: Galaxy's Edge）、《超級任天堂世界》（Super Nintendo World）都是做到可完全沉浸於故事世界的好例子。就算這些故事都是虛構，但故事是真實的，而且忠於品牌。喜愛這些授權作品

的粉絲對場域真實性的感受力特別強，因為他們非常注意細節，彩蛋、故事中的蛛絲馬跡、環境情況、每個角色及其他各種元素，更使這場域栩栩如真，而且令人沉醉。

藉著創造真實的故事世界，你等於在實現故事的承諾。要認證你的故事世界夠不夠真實，不二法門就是，找精通這題材的專家幫你發展故事。他們的參與不僅可帶來真實性，還能為故事世界增添可信度。試想，打造《哈利波特》園區時如果沒有J. K. 羅琳的加入，或是打造《星際大戰》園區時沒有盧卡斯影業參與，那會如何？他們能提供故事對觀眾之所以有意義的全面理解。只有透過了解這些故事世界的DNA，你才可能著手創造活靈活現的故事世界。

活動——你要做什麼？

最後同樣重要的是，許多體驗並沒有特定場址、展物、名人、或故事世界做為真實性的依托。而是以真實的活動代替。這些體驗的例子包括動物園和水族館、冒險樂園、水上樂園，及其他目的提供的娛樂活動，像是撫摸水母、餵食鱷魚、溜索、泛舟及攀岩等。

不妨細想這個異想天開的體驗，冰淇淋博物館，起初是個有二十萬人等候名單的快閃點[29]，如今在紐約及舊金山都有常設位址了。這個體驗承諾的主要活動，不只在好玩的粉彩世界裡大吃冰淇淋，還可以跳進一座彩虹豆豆糖泳池、從好幾層樓高的溜滑梯滑下來、在繽紛趣味的背景前自拍。永遠都不能低估趣味活動的力量（還有獨一無二的自拍機會）。

小結

最終，你要在體驗裡找到真實性，好讓體驗能有真實事物做為基礎。當你

---

[29] https://www.inc.com/guadalupe-gonzalez/maryellis-bunn-museum-ice-cream-moic.html

純粹為創作而創作，不太思考也不太注意場域做得「真」嗎，是否「忠於事實」，那就失去它的意義了。每一個參訪者都渴望故事裡的含義。透過把體驗扎根在真實的形式裡，你的參訪者走出體驗時會很開心、感到激勵、而且煥然一新充滿希望。

你的故事要實現什麼願望？

　　每個體驗都該有一個或多個可實現的願望。這是你的體驗該給的承諾。可以用此生願望清單的形式來呈現——觀眾可以看到什麼、做什麼，有什麼飲食、感受及體驗。

　　我在較前面章節提過「擱下懷疑」的概念。這是指觀眾願意暫時放下懷疑，身歷其境進入虛構世界的那一刻。在那一瞬間，他們願意走進你的故事，就算心裡清楚明白這不是真的。你做為說故事人，要幫他們不必太費力就能進到故事裡。為了實現夢想，參訪者渴望且樂於參與一個可實現他們夢想的故事。但前提是，得保證這世界符合他們的期待。

　　在《哈利波特魔法世界》（Wizarding World of Harry Potter）[30]裡，參訪者想實現變成天才巫師或女巫師的願望。他們想搭乘霍格華茲特快車、參觀霍格華茲城堡、探索斜角巷，去找到如破釜酒吧、魁地奇用品商店等具指標性的設施，去奧利凡德的店給一支魔杖選中他們，然後唸一串咒語來揮動魔杖。

　　在《星際大戰：銀河邊緣》（Star Wars: Galaxy's Edge），參訪者想一窺酒吧、喝藍色牛奶、駕駛千年鷹號，置身在第一軍團與反抗軍對決的史詩戰役裡、逃離滅星艦、打造光劍、打造機器人，還要見見他們最喜歡的角色，像是丘巴卡、芮、凱羅忍、帝國風暴兵。

　　在喵狼的《永恆輪迴之屋》（House of Eternal Return），參訪者想去探索、「迷失」在世界裡，再揭開故事的奧祕。

喵狼藝術公司的《永恆輪迴之屋》（新墨西哥聖塔菲）

　　《哈利波特魔法世界》和《星際大戰：銀河邊緣》都是授權作品的例子，

---

[30] https://www.universalorlando.com/web/en/us/universal-orlando-resort/the-wizarding-world-of-harry-potter/hub

但假設你設計的體驗必需原創、而且還沒沒無名的話，可以考慮喵狼在《永恆輪迴之屋》（House of Eternal Return）的做法。

這個體驗的名稱已經承諾兩件事：一棟你能夠探索的屋子，和一個你可以屢次回歸重來的冒險。這個燒腦、互動的、玩遊戲般的體驗，同時滿足我們好奇、探索、發現、以及想要沉醉在不同世界的願望。《永恆輪迴之屋》是互動式的沉浸藝術裝置，提出問題讓事物死而復生——假設你能夠走進一幅畫裡？假設你可以跟藝術品互動（不像博物館裡規定的「請勿觸摸」）？實現觀眾想在大型室內遊樂場如探索驚奇事物的環境裡，與藝術互動的願望。

在《永恆輪迴之屋》，有些東西輕輕觸動你的童年夢想和回憶，令人滿足且難忘。所有孩童時期的幻想，從踏進《愛麗絲夢遊仙境》的大門到最後結束在幻想王國，都在體驗裡一一實現。走進你家的冰箱或是火爐裡會發生什麼事？會帶你去何方？答案不斷不斷地令你吃驚。

除了《永恆輪迴之屋》和《Omega Mart》，喵狼後來也在科羅拉多州的丹佛設置第三個據點《聚合站》（Convergence Station），你在這裡會進入「沉浸迷幻的奇異幻覺藝術和豐富的敘事中，同時展開深入超現實、科幻史詩作品般的發現之旅」[31]。

設計體驗的故事時，問你自己想實現什麼願望？你想為觀眾訂下什麼承諾？然後，直率地傳達信息，讓觀眾正確了解會體驗到什麼。你自然不想給出實現不了的承諾。

Spyscape HQ（紐約）

成功的體驗不僅提供參訪者實現願望的行動，還承諾參訪者會有改變，而且是變成他們夢想的樣子。在Spyscape HQ（間諜總部），參訪者參加英國中情局訓練部前部長設計的「間諜心理學」計畫，將他們當間諜的技巧和潛力揭露出來[32]。這體驗不僅成功結合間諜史中的角色、故事和物件，也是參訪者在

---

31 https://meowwolf.com/visit/denver

32 https://spyscape.com

遊戲化及個人化的任務中測試個人技能的好機會，揭穿他們體內的間諜。透過像是解碼、測謊、及監視的互動式活動，為參訪者創造一個在安全的互動博物館體驗中變成間諜的機會。他們甚至可以測試自己通過一條雷射光束隧道的反應力，看看自己在二分半鐘內最多能按到多少按鈕。

體驗結束時，參訪者會收到電子郵件寄來的一段影片，內容是他們的間諜檔案和雷射光束隧道的表現。

經歷這樣的體驗，我不禁覺得透過間諜的眼睛看世界的機會相當可貴，在體驗的兩小時中，我搖身變成間諜，而且更重要的是，我相信（儘管只有一瞬間）自己有成為間諜的潛力。

你的體驗氛圍和調性是什麼？

氛圍和調性有助於創造故事的主構想。氛圍是指故事的氣氛，調性則是作家對主題的態度。兩者都是透過場景設定、角色、表演、景點、餐飲設施、周邊商品銷售點，以及其他給觀眾參與的機會表現出來。

你的體驗氛圍為何？

氛圍是觀眾進到體驗時最先得到的感受。氛圍從環境狀態顯現出來，可說是創生空間場域的一大關鍵要素。如果沒聽說過「場域創生」（或譯地方創生，place-making），這是設計公共空間及沉浸式空間時的用語。認為空間的規劃、設計和維持應考量在該特定空間居住、工作、及／或來遊玩的角色特性，採取多面向的手法。換言之，就是採「以人為本」（people-centered）的方式營造強烈的場域感。

在劇場和電影製作，你可能稱這概念為「場面調度」（mise-en-scène），源自法文，字面意思是「放置在舞台上」。意指在戲劇或電影拍攝現場，場景布置和舞台道具的安排，包括所有在「攝影機鏡頭」前的一切人事物——演員、布景設計、道具、燈光。

在影劇學院裡，我們學習如何描述一個還未置入角色前的場景。細想羅勃・辛密克斯（Robert Zemeckis）在1985年編導的經典電影《回到未來》（Back to the Future）的開場。在尚未見到劇中人物愛默・布朗博士前，我們先環視了一圈他的實驗室／工作室。從他空間設置的氛圍，我們對他的性格先有一個概念。他是有點瘋狂的發明家，邋遢、有些雜亂無章，而且從牆上的鐘錶收藏來看，他對時間很著迷。他養了一隻狗、喝咖啡、吃土司，再從那堆碰都沒碰的狗食來看，博士和他的狗不在家好一陣子了。在電影剛放映的前幾分

鐘，我們就了解了劇中世界的氛圍。

聖母峰歷險──禁山傳說（迪士尼動物王國）

> 我們走向山，是為了啟蒙，為了自我實現，
> 為了探險，為了發現。它飽含意義。
> 當人們看見一座山，他們賦予它意義，而非情節。
>
> ──喬‧羅德（Joe Rohde）[33]

有一個我很喜歡加入排隊的主題，就是迪士尼動物王國的《聖母峰歷險
──禁山傳說》（Expedition Everest ─ Legend of the Forbidden Mountain）[34]，
由傳奇幻想工程師羅德與他的傑出團隊一手打造。整場歷險從你發現一處虛構
的「喜馬拉亞逃生」旅行社辦公室開始，朝向一座聖像寶塔前進。接著，你會
進到一座花園，隨之出現一家賣探險設備的商店。然後，你發現一間「雪怪博
物館」之類的地方，裡頭的櫥窗陳列著雪怪資訊，甚至還有個雪怪腳印的模
型。這裡有數千個細節，還有從尼泊爾帶回來的真實文物，這說明團隊為了尋
找神祕雪怪，多次前往尼泊爾出任務。所以，你才能在「失蹤探險隊」目睹留
下的物品。

在這隊列中創造了什麼氛圍？這個創生場域的環境撐開了一股神祕氛圍。
但什麼是雪怪，還有，誰會好奇想了解更多神祕雪怪的事？走在隊伍中，你不
會遇到任何一個角色，而是用一幅圖像證明此事對你敘述這個故事。你隱約感
覺到，這裡是著迷的冒險家們期盼揭開謎團的地方。在你周圍盡是探險設備、
來自尼泊爾的真實物品，還有其他環境細節，感覺就像去到尼泊爾，實際上你
是在一個沉浸式的故事裡，卻彷彿在別的空想世界裡冒險。

---

33 https://www.knowyourquotes.com/We-Go-To-The-Mountain-For-Enlightenment-For-Self-real- ization-
For-Adventure-For-Discovery-Its-Pregnant-With-Meaning-When-People-See-A-Mountain- They-Invest-
It-With-Meaning-Not-Plot-Not-Charact-Joe-Rohde.html

34 https://disneyworld.disney.go.com/attractions/animal-kingdom/expedition-everest/

細想你的故事氛圍。是幽暗神祕？還是明亮快樂？會不會給人壓迫感？害怕？樂觀？愉悅？還是神奇？然後，用布景設計、道具和其他細節撐出氛圍，把環境圖描繪出來。切記，以人為本的設計手法必須體現在那裡生活、工作、或／和來遊玩的角色特性。

你的體驗調性為何？

體驗的氛圍確立好之後，你還需考慮調性。調性就是你（或你的客戶）對主題或故事的觀點和態度。另一思考調性的方式是，你如何用自己的語氣說出這些字句。

想像你跟某人說：「想不到我這一輩子居然栽在你手上。」單憑這句話不管前後文的話，你可以假設這是一人對另一人表達負面看法。但你再想想，如果把語氣變成在「我愛你」的脈絡下說出來。這些字句背後的含義便會隨說話口吻而改變。演員都要學會透過所謂的「潛台詞」（subtext）用適當語氣說台詞的方法。比起字句本身，他們說台詞時更注重說話的意義和動機。

失落的蒸餾酒廠（洛杉磯、加州、內華達州的拉斯維加斯）

體驗中的語氣方式增加了故事的含義和意圖。細想洛杉磯市中心的《失落的蒸餾酒廠》（Lost Spirits Distillery）之旅[35]，在它遭到一場小火災損壞重建之前，我曾有機會前往體驗。火災後的體驗之旅重新設計過，但我記得原本的體驗之旅是我所知甚少的——蒸餾精神，印象中是一趟奇妙的旅程。

這個旅程帶你走過蒸餾工法，但是採「主題樂園」的規格，比方說搭船等等。對充滿好奇心的人來說（就算你滴酒不沾），這體驗透過藝術和科學手法開拓你對蒸餾世界的視野。沒錯，你不僅可以現場品酒，學習有關蘭姆酒的蒸餾知識，還可以搭船，用瓷杯小嚐蘭姆酒後繞著旋轉木馬轉圈圈。簡直酷斃！

---

[35] https://www.lostspirits.net

我平常不喝蘭姆酒，但這次體驗非常特別，讓品嚐蘭姆酒充滿歡樂，而且人人都能享受得到。

就在品嚐的尾聲，我們整團（大約十二位幻想工程師）圍著桌子坐在一頂大帳棚底下，這個好玩的熱帶背景，靈感來自電影《莫洛博士島》（The Island of Doctor Moreau，1977）。蒸餾酒廠的共同創辦人兼執行長布萊恩·戴維斯（Bryan Davis）接待我們品酒，耐心又熱情地回答我們所有問題。我們發現，戴維斯是迪士尼樂園的鐵粉，許多酒廠的靈感來自迪士尼樂園景點，因而設計出這個極好的蒸餾酒廠體驗之旅。

體驗的終點，一如預期是禮品店。但沒預料到的是，禮品店設有迷你發聲機械裝置（audio-animatronics），一群機器鸚鵡圍著我們唱小夜曲。這是令人愉快的小型秀。一度，其中一隻鸚鵡故障，於是這位共同所有人就用棍子敲它頭讓它繼續唱歌。我喜歡體驗的這種率真感。

那麼，這個體驗的氛圍和調性會是什麼呢？整個行程的氛圍既異想天開又有實驗性，就像「威利·旺卡巧克力工廠遇上蘭姆蒸餾酒廠」。調性是：「不覺得科學好玩又神奇嗎？」總之，我認為這個體驗設計得十分成功。它不走嚴肅路線，反而給蒸餾酒廠耳目一新的調性。《失落的蒸餾酒廠》還讓我很欣賞的地方是，他們把推廣的理念實作出來──科學很龐雜、很有趣、具實驗性、出乎意料，而且充滿美感。這個體驗的成功充分映證了他們的心態，並以獨特的說服力捕捉蒸餾酒廠的氛圍和調性，使他們從群眾中脫穎而出。我已等不及想去參訪他們在拉斯維加斯新落成的《失落的蒸餾酒廠》，據承諾規模更大而且設計更優。

觀眾如何體驗你的故事？
（依觀眾渴望的行動而定）

不同的主題必然需要不同的表達方法。這並不意味著演進或進步；
而是關係著一個人想要表達的想法、以及他想用什麼方式表達的問題。
——巴布羅・畢卡索（Pablo Picasso）[36]

在決定體驗的媒介時，你需要考慮故事的目標觀眾、主題、想實現的願望、及觀眾的行動。你要為體驗「搭建舞台」，為觀眾創造融入故事以實現夢想的行動機會。這時，你要回答的正是ISQ提問輪中的HOW。

考慮體驗媒介時，可以使用下列的簡單公式。

期望＋行為＝成為

（實現的願望＋行動＝轉變）

了解觀眾想實現什麼願望，有助於決定觀眾在體驗裡要參與哪一種行動。觀眾想實現的願望與行動結合起來，觀眾就會發生轉變。藉著希望去做些什麼相應的行動，觀眾最後更接近想成為的角色。

舉例來說，在紐約的Spyscape HQ（間諜總部），觀眾希望實現的願望是成為一名祕密間諜（期望）。他們的行動（行為）就是解碼、通過測謊，還有其他活動（行為），於是最後成為他們心目中的間諜（成為）。

觀眾可以有不只一個行動。你要他們去觀察、發現、沉浸、參與、和／或互動嗎？媒介能給他們最佳支援嗎？如果是互動式展示、沉浸式遊戲、快閃藝廊、角色見面會、媒體秀、主題樂園景點、餐廳、商店、演練體驗

---

36 https://www.biography.com/artist/pablo-picasso

（walkthrough experience），或是其他還不曾出現過的媒介，能使體驗更吸引人嗎？你也可以考慮結合媒介的方式。

根據你的體驗媒介考慮哪種敘事方式適合你的觀眾。是傳統的線性敘事，有清楚的開頭、中間和結尾的時間軸序？還是非線性敘事，在故事順序中跳接穿插？

許多主題樂園採非線性敘事的設定，觀眾可在其中選擇自己的冒險歷程。無論參訪者決定先搭飛車，或先逛商店，全由他們自己去策劃理想的一天。不過，他們一開始玩飛車或景點通常體驗流程也大致底定了。這當中有著清楚的頭、中、尾。這些景點中有些是線性（如：傳統的黑暗飛車、雲霄飛車），有些則是非線性（如：遊樂場、特展）。

許多博物館展覽設計成非線性、探索性質的體驗，參訪者可決定要先進去哪個展間。這樣的設計能享有多樣的時間調配方式。無論參訪者決定在博物館裡待十分鐘或十小時，故事敘事的設計都要有這樣的靈活度。

不同的敘事類型各有優缺點。讓我們來一探究竟。

線性故事敘事

線性敘事是控制觀眾體驗的故事一個很好的方式。這方式可讓你保證每一位參訪者的體驗都相同。如果你打算觀眾採相同方式（排隊／前秀）進場、體驗相同的景點（主秀）後，再以同樣的方式離開（後秀／禮品店），那就可以設計成清楚的三幕式結構。許多主題樂園的飛車和景點，就是循這個模式。許多任務導向的電玩遊戲，也是採線性敘事。

在線性敘事體驗中，有個能一再重複的因素，這對參訪者極具誘惑，因為他們明確知道每一次去會得到什麼。因此，你必須確保你的體驗是一台仔細上好油的機器，每次造訪都能展現高品質水準。但缺點是，敘事可能終究會過時、而且可預測。對未來世代也可能有脫節的情形。

多線性故事敘事

　　線性敘事也能發展成多條線，意思是說，參訪者以同樣方式進入，但可以選擇進入跟另一個參訪者不同的故事方向。雖然一開始都一樣，但可在不同的敘事路徑中選擇一種，最後再結束在同一個地方。舞台劇《不眠之夜》（Sleep No More）就是多線性敘事的例子，參訪者的起點是酒吧，接著選擇想跟的方向，最後結束在同一個房間，一起欣賞壓軸表演。

　　這種格式的好處，就在於參訪者可以選擇。有一個可重複的因素，鼓勵參訪者為了每次可有不同體驗而再度回訪。但缺點是，做為說故事人的你必須創造、撐起多條的故事線，而且每一種可能的發展都要有均等的說服力。但這也有較大的機率造成參訪者出現「錯失恐懼症」（FOMO）。可能因為沒參加到「更好」或更有趣的活動而感到焦慮。他們也可能因為這種焦慮，而沒真正享受過片刻的體驗。

非線性故事敘事

　　非線性敘事可從不同的故事點開始，並結束在不同故事點上。可能沒有清楚的頭、中、尾。或者，也可能有多個頭、中、尾。參訪者可依據自己想要投入的偏好程度及約定時間，自由選擇如何體驗你的故事。

　　這種設計的優點是，鼓勵參訪者去探索及發現，而非照著路徑走。這種設計類型很能吸引較年輕的觀眾、朋友或家庭等團體、以及想以新穎驚奇方式探索的人。許多遊戲構造物、博物館、科學中心、慶典、及快閃活動，都是採非線性敘事。

　　缺點是，無法預測或掌控觀眾的故事體驗。參訪者有較大機率出現「選擇疲勞」。這是社會心理學家羅伊・鮑梅斯特（Roy F. Baumeister）根據佛洛伊德學派自我耗損的假說所提出的新詞，形容人們因無法負荷過多選擇而造成情緒疲勞，並導致他們做出糟糕的決定[37]。這樣一來，也會使做為說故事人的

---

37 https://roybaumeister.com

你，可控性也會跟著變低，而無法確保每位參訪者體驗的都是最精彩、且最吸引人的旅程。

沉浸式環境

　　最後，許多體驗都是有主題的沉浸式設定，但卻沒有敘事。它們著眼於創造一個環境或「開放的世界」，參訪者不需特定故事就能沉浸在其中。這類型的體驗可以非常愉悅且難忘，就像冰淇淋博物館，現在在舊金山和紐約市也都有常設點了。

　　優點是，體驗不必依賴任何特定故事，所以說故事人反而能聚焦在觸覺、視覺和聽覺元素上。在沒有特定故事之下，什麼能把一個空間變美麗、有趣、吸引人、有探索價值、還能令人樂在其中？這個問題，你可以和團隊一起透過摸索觀眾想實現的願望來找出答案。

　　就冰淇淋博物館而言，想實現的願望就是和心愛的人一起慶祝、享受所有冰淇淋的大小事。這概念太棒了──在有趣的沉浸式環境裡，享受世上最美好的一項發明。創作者瑪瑞麗絲・伯恩（Maryellis Bunn）設計的這個體驗，不僅讓人大啖冰淇淋，還能跳進彩虹豆豆糖的池子裡，沉浸在所有和冰淇淋相關的美好中。這裡結合了冰淇淋大廳、遊樂場和藝術裝置。一開始從實現願望著手，你就不至於走錯。

　　儘管沉浸式環境極盡所能做得好玩又難忘，卻不見得能激起觀眾改變。這種感覺大部分是當下油然而生，卻也轉瞬消逝，無法以深遠有意義的方式影響觀眾。不過，也並非每個體驗都需要有深遠的寓意。這又會回到你想創造哪種類型的體驗世界。

　　以下是根據觀眾渴望的行動，以不同媒介打造的體驗例子。

怪奇物語：免下車體驗展（加州洛杉磯）

《怪奇物語：免下車體驗展》（Stranger Things Drive-Into Experience）是因應新冠疫情的獨特體驗媒介。我們都懂得來速（drive-through）餐廳和露天汽車（drive-in）電影院的概念，但免下車體驗是什麼？正如其名，就是你開車進入一個沉浸式體驗裡，這裡重現《怪奇物語》神祕世界中令人難忘的時刻，透過道具、表演者、從你車內廣播放送的聲效和各種零食選擇，使觀眾在自己車內就能舒適安全地沉浸其中。這個成果獨特的體驗，擁抱《怪奇物語》世界的機會，但觀眾和演員都不必冒著健康及安全的風險。

隨著這體驗的成功及疫情限制減緩，《怪奇物語》現在也在紐約及舊金山提供沉浸式的演練體驗。

媒介： 免下車體驗

行動： 開車、沉浸其中、觀察

《不眠之夜》（紐約）

把莎士比亞《馬克白》和阿弗雷德‧希區考克的黑色電影故事相結合，會迸出什麼火花？這當然就是沉浸式劇院體驗《不眠之夜》（Sleep No More）了！由英國戲劇公司 Punchdrunk 所打造，你真該去體驗就知道有多絕。場景主要設定在一座神祕昏暗、1930年代建造的麥基特里克飯店，觀眾在這座由倉庫改造成的機構裡，迷亂地在各樓層一系列房間裡穿梭。觀眾的行為既不影響故事中角色的動作，也不會影響故事結局，讓觀眾在指定時限內（至多三小時）自由探索這些空間。這種新的劇場形式，他們稱之為「漫步劇場」（promenade theater），在這個創意十足的鬧鬼傳說中，觀眾參與了一場偷窺狂的冒險，模仿變成鬼穿牆而過的感覺。

媒介： 沉浸式漫步劇場

行動： 走路、發現、觀察

諾亞方舟（加州洛杉磯的史格博文化中心）

諾亞方舟展（Noah's Ark）是以諾亞方舟的故事主題、概念很妙的一個主題式室內遊樂場，將日常可見的物件改變用途再利用，使不同年齡的孩童都能樂在這個體驗中[40]。這個占地8,000平方英尺的長廊，包含一座從地面挑高至天花板的木船、趣味互動遊戲、攀爬隧道、攀爬網、角色扮演區、及滑稽的動物木偶秀，這個體驗以一種有形的方式捕捉遊戲、好奇、及一探究竟的精神。這不只是利用高品質和升級再造的材料打造成的精美設計，更是立刻帶你去到一個古怪幽默的奇妙世界。

媒介：沉浸式孩童遊樂場
行動：發掘、互動、遊玩

Spyscape HQ（紐約）

除了是一個關於間諜活動的博物館，Spyscape HQ（間諜總部）也給參訪者接手成為間諜的機會。除了藉由測謊、解碼、雷射光通道等沉浸式挑戰探測他們的間諜技能外，參訪者也有機會發掘自己當間諜的特質與潛力。這體驗很現代又時髦，對所有年齡層都有高度吸引力。

媒介：互動式博物館
行動：發現及互動

巢（加州洛杉磯）

《巢》（The Nest），一次最多只讓兩位參訪者進入一個親密、塞滿多重主題空間、以物品捕捉一名女子人生的儲存單元。參訪者利用錄放音機、投影機和其他找得到的物品，從發自內心的直覺，探索及發現這位女子的故事篇

---

40 https://www.skirball.org/noahs-ark

章。這體驗完美捕捉某人人生的真實樣貌，以饒富情感的敘事揭開每個迷人層面。

　　媒介：互動式、沉浸式體驗
　　行動：探索、發現、互動

teamLab Planets TOKYO（日本東京豐洲）

　　teamLab Planets是參訪者可在水中漫步的一座博物館，還能探索一座「與繁花融為一體」的花園。在四個大展間和兩座花園裡，參訪者赤足踩入，與其他人一起全身浸淫在這個沉浸式藝術品中。自身與他人、與這個藝術作品、及這世界的之間界線消融掉了，變成連續不可分，讓參訪者在無邊界下探索一種新的關係。

　　在大量3D繁花組成的沉浸式藝術品《漂浮的花園》（Floating Flower Garden），當人們靠近時，花朵便從花園升起，《錦鯉與人共舞所描繪之水面圖——無限》（Drawing on the Water Surface Created by the Dance of Koi and People - Infinity）的特色是，錦鯉游動軌跡會隨出現在它們面前的人們而變化，這體驗創造了一種遊戲奇想感、以及富有想像力的共同創作。

　　媒介：互動式、沉浸式數位藝術裝置
　　行動：探索、發現、沉浸、互動、遊玩、創造

媒介和觀眾行動的腦力激盪

　　媒介要在一定程度上支援觀眾擁抱主題、進而實現願望的行動。考慮所有可能的選項，決定哪種媒介最能發揚你的故事、帶給觀眾轉變。或許需要腦力激盪一些想法，寫在小卡片上備忘（紙本或電子版都可）。而且也要記得，觀眾的行動不只是單一種視覺或聽覺，還要能包含味覺、觸覺及嗅覺在內。

你可以把想要的都寫在卡片上，擴充許多（或一些）類型，這有助於視覺化及組織你的想法。讓我們一起用路易斯‧卡羅（Lewis Carroll）的經典故事《愛麗絲夢遊仙境》來腦力激盪，看看如何把這故事詮釋成一個體驗。

故事：詮釋路易斯‧卡羅《愛麗絲夢遊仙境》

為什麼說這故事：提醒我們童年的美好回憶

主題：小孩在大人世界裡長大，很可怕又困惑

故事真實性在哪裡：名人（見到喜愛的角色）

實現的願望：體驗從孩童的視角看世界（所有東西都很巨大），和大白兔花園派對，遇到故事的指標角色，和角色經歷一段冒險。

媒介：沉浸式、多感官、演練體驗

行動：走路、用餐、遇到角色

行動細節：跟著大白兔鑽進樹洞、喝下藥水並進入一扇門、出來變成夢遊世界。與大白兔及你的團體一起參加花園派對（有司康和茶等）。遇到角色，如紅心皇后、雙胞胎半斤和八兩。

轉變／觀眾的改變：莫忘青少年時的單純與好奇

你的觀眾扮演什麼角色？

　　接下來是定義觀眾在故事中的角色。注意，觀眾優先於體驗中的角色。參訪者的體驗永遠都要優先考慮。他們來這裡是為了實現夢想，你必須確保他們的角色有說服力、而且迷人。

　　我把觀眾角色分成以下六種類型：

1. 參訪者
2. 旁觀者
3. 參與者——沉浸式
4. 參與者——互動式
5. 英雄
6. 創造者

參訪者

　　許多體驗對參訪者保持中立態度，意味著不管來體驗的是誰、幾個人，故事和體驗的設計都維成不變。藝廊、博物館展覽、藝術裝置、遊樂場等——這些都是為「參訪者」而設的場所。但這些體驗並非沉浸式設計，任何類型的參訪者都要依規定的開館時間進來和離開。這類體驗的工作人員（如果有的話）不是故事的一部分，他們工作是主持體驗使設施正常運作。

旁觀者

　　旁觀者是大家認可不參與表演或體驗的。例如：運動賽事、演唱會、舞蹈演出、劇場表演、及沉浸式主題餐廳。旁觀者和運動員／表演者／工作人員之間有清楚的界線。旁觀者被認可為嘉賓，偶爾被帶著做出歡呼和回應。旁觀者

的參與不會直接影響故事或體驗的結果。

旁觀者體驗的一個極好的例子是，華特迪士尼世界艾波卡特園區（佛羅里達的奧蘭多）的《Space 220 Restaurant》[41]餐廳。一到餐廳，你會進入一台「太空電梯」，送你到位於地球上方220英里外的餐廳。嘆為觀止的太空全景讓用餐人沉浸在天外環境裡，為他們提供獨一無二、繁星環繞的用餐機會。

參與者──沉浸式

在沉浸式體驗裡的參與者可以無需和故事直接互動，自由地探索、發現一個主題環境。Punchdrunk 出品的《不眠之夜》（Sleep No More）即是一例，觀眾可以在裡頭隨意閒逛，當故事的觀察者和窺視者，體驗不需要觀眾的互動就能持續進行。在大部分情況下，他們對角色演員來說都是「隱形」的。（除非你是少數被拉去跟演員親密接觸的幸運兒）。

給參與者的沉浸式體驗，還有另一個例子是喵狼的《永恆輪迴之屋》（House of Eternal Return）。參與者能徹底探索一個沉浸式環境，但無需和角色互動，也不會影響故事。他們沉浸在一個富麗豪華的世界，能發現隱藏的細節和故事元素，但基本上他們的行動不會造成周遭環境的改變。其中也有一些體驗的基本互動元素，但整體來說，即使不做任何互動也能樂在體驗中。

參與者──互動式

互動式體驗的參與者，可以與故事和角色進行可愛迷人的互動，但不會影響體驗的結構和結果。參與者的互動式行動可以說就是體驗的關鍵設計。如果去掉觀眾互動的部分，就無法充分享受或理解這個體驗。

可互動的遊戲飛車也是互動式體驗的例子。《巴斯光年星際歷險》（Buzz Lightyear Astro Blasters）在多座迪士尼主題樂園裡都有建造，是一種攤位遊戲的改良版。遊戲中，觀眾坐在一台乘載器上瞄準外星人目標猛烈射擊，努力得

---

41 https://disneyworld.disney.go.com/dining/epcot/space-220/

高分。

Just Fix It Productions推出的《威洛斯家族》（The Willows）[42]是互動式體驗的一個極端例子，參與者可以和故事及角色互動。他們在官網上對這體驗的描述是，「結合互動式與場域特定（site-specific）劇場，給您一個充滿探索與發現、愉快有勁的夜晚」。

我在幾年前體驗過這個小巧精緻的作品，成為十八位「受邀蒞臨威洛斯家族晚宴」的一名訪客，進到他們在大洛杉磯地區一幢占地10,000平方英尺的豪宅。在這兩小時的「現代心理懸疑」體驗中，就在我忙著和角色演員進行各種活動，包括同桌享用晚宴、跳一支慢舞、玩卡牌遊戲的過程中，我發現了一個黑暗的祕密。我被帶到浴室與一個角色有段親密相處的時刻，她一邊為我梳頭，要我躺在浴缸裡，一邊對我說她的兄弟如何死去的故事。真是令人毛骨悚然又獨特的體驗！之後這家公司也以這個體驗為基礎，開發了互動式的VR劇情電影。

英雄

英雄體驗是沉浸式敘事的未來。細想在電玩遊戲中，你扮演一個正在出任務的角色。你對情況的回應和表現決定遊戲體驗的結果。電玩遊戲裡有很多例子是以線性和多線性（分支）說故事，敘事中都是採「你的行動決定你的命運」。

在有主題的體驗中探索以觀眾做為「英雄」的可能性，我們才剛起步而已。我們曾在密室逃脫和實境動作角色扮演遊戲（LARP）中看過以觀眾做為英雄的例子，這是一種互動沉浸式的角色扮演遊戲，讓參與者透過身體動作來扮演角色人物。人物通常是穿著角色服裝、配戴道具，完全投入在沉浸式環境中執行任務、玩遊戲、參與活動，或是單純沉浸在要他們做出反應動作的世界中。

---

42 https://www.jfiproductions.com/the-willows

這類場域的例子包括位於猶他州普萊森特格羅夫（Pleasant Grove）的 Evermore Park[43]，鼓勵參與者穿戴好道具、幫自己取一個獨特的名字，以「世界行者」進入一處陌生異地。他們進到「一個古老神祕世界的入口」，那裡住著戰士、皇室、精靈、小妖精、還有龍。參訪者要做各種探詢，與角色互動、加入行會、看表演，還要參與像是射箭和投擲斧頭的各式活動。

在華特迪士尼世界度假區《星際大戰：銀河星際巡洋艦》（Star Wars: Galactic Starcruiser）[44]的多天期歷險中，「旅客」在巡洋艦的沉浸式世界裡，可以睡覺、用餐和玩樂。參與者能與角色互動，並依據他們所選的聯盟導向不同的故事線。

創造者

最後一類也同樣重要的是，做為創造者的體驗，承諾參訪者能夠完全依照他們自己渴望的行動及想要實現的願望，來決定他們的故事。這類例子可以從像《Minecraft》的電玩遊戲中看到，玩家能在未設定目標和結局之下，自行打造遊戲環境。這的確是玩家釋放內在創造力的一個好機會，在設定好參數的世界中表現他們的想像力。

我很期待看到，將來在主題樂園和其他格式的沉浸式敘事中，創造者的體驗會是什麼樣子。如何為嘉賓創造一個資源和機會都不受限的「沙盒」（sandbox）？這個體驗又要如何吸引其他參與者也能融入並且樂在其中？而他們所創造的世界，又要如何應證在一個令人信服、功能完整、而且有意義的設計中？

體驗的設計會決定觀眾的角色。你要提供他們探索世界的代理權，並且對體驗的故事結局有決定性的影響嗎？或是你只想要觀眾沉浸在你的世界？

根據觀眾行動和不同的投入程度，承諾前你可能考慮想提供他們不同的選項。記住，你給觀眾的權限愈多，愈需確保故事實現得了體驗的承諾（因為你

---

43 https://www.evermore.com
44 https://disneyworld.disney.go.com/star-wars-galactic-starcruiser/

會愈來愈無法控制每一位參與者故事頭、中、尾的發展）。而這裡就是你必須在體驗中倚賴情感定錨的地方，也就是每一個獨特空間、活動、飛車或表演秀，都要在情感上、主旋律上與體驗緊繫起來。

觀眾是動詞

關於觀眾的六種角色類型，還有另一種發展和進一步定義的方式，就是以動詞考慮觀眾的行動。換言之，觀眾會在你的體驗中參與什麼活動？用動詞把觀眾的角色大致描述出來。

1. 參訪者
- 動詞：發現、學習、遊玩、提問

2. 旁觀者
- 動詞：注視、觀察

3. 參與者——沉浸式
- 動詞：探索、發現、融入、分享

4. 參與者——互動式
- 動詞：用餐、啜飲、駕馭、瞄準、推動、拉拔、遊玩、嗅聞、觸碰、攀爬

5. 英雄
- 動詞：穿戴裝束、角色扮演、用餐、遊玩、變成、轉變

6. 創造者

● 動詞：創造、解構、邀請、協作

　　你可以利用動詞來思考觀眾的角色，確保他們對體驗的關鍵功能。如果他們要跳躍、推動、遊戲、互動和談話，那他們就不單只是旁觀者而已。這取決於你打算設計的體驗類型，但各種可能性都要考慮進去（這對設定觀眾參與的參數也有幫助，後面篇章還會再討論）。觀眾在體驗中能做什麼？不只是有就好，更要超乎觀眾的期待。所謂超乎期待，意味著要讓他們在離場時說出：「沒想到會玩得這麼開心。我真的好喜歡這裡。」

　　如果你手上的設計正處在無力的狀態，眼見你的體驗就要變單調。該如何在觀眾體驗上扭轉，調整成你打算提供的規格呢？

格爾高迪《In & Of Itself》表演秀（紐約）

　　幻覺藝術家格爾高迪（Derek DelGaudio）的戲劇表演《In & Of Itself》[45]，先是在紐約百老匯演出五百場，之後又在Hulu影視串流平台以紀錄片上線。格爾高迪試圖理解身分的虛幻本質，並回答一個令人困惑的簡單問題：我是誰？

　　他的表演公然挑戰人們對「劇場秀」的傳統認知。與其讓觀眾坐著看表演，格爾高迪打破表演者和觀賞者間的藩籬，既無縫又精巧地把觀眾編織進他的敘事結構中。

　　觀眾走進表演會場時，會先請他們從牆上選一張定義他們身分頭銜的小卡。上面寫著「老師」、「母親」、「聖人」、「叛逆者」等詞。他請觀眾花點時間想想他們如何認同自己是誰。格爾高迪了解，如果想轉變觀眾，就必須邀請觀眾把他們的身分認同與故事連結起來。

　　表演秀裡，格爾高迪表演了撲克牌戲法和其他魔術招式，符合觀眾期待的所謂「魔術秀」的定義。但，隨著表演接近尾聲，他走近每一個觀眾，與他們

---

[45] https://www.inandofitselfshow.com

四目相對，不知怎地他認出了觀眾入場時所選的頭銜。「與觀眾四目相對」的舉動太觸動人心，使許多觀眾當場落淚。

　　格爾高迪和他的觀眾一起變成他故事中不可或缺的角色，就在演出結束前相互交織並帶來轉變。他甚至更進一步請某位觀眾離開後在另一晚表演時再回來，好讓敘事繼續發展下去。

　　觀眾們無不感受到他們是更大敘事的一部分，在一個更大的宇宙中，每個人都扮演一個重要角色──我們不僅在自己的人生很重要，在彼此的生命中也同樣重要。我們是如此相互交織密不可分，誰也無法單獨存在。我們故事從開始、結束、以及繼續的分分秒秒，都與他人緊密連結。

參與的規則是什麼？

觀眾的角色一定義好，就要探索觀眾的參與規則，又稱「事前融入」體驗。這些參數設定觀眾如何融入體驗的期待。

即使你已經創造一個世界／展覽／體驗，但就像所有的互動都有其限制。事前設定期待讓觀眾了解「規則」，是一個穩健的辦法。是沒錯，我們應該假定觀眾是以驚奇、意想不到的方式，充滿樂趣地融入你的體驗，但是，設定規則和參數可以確保每一位參訪者都能夠享受到一樣多的樂趣。這些規則的發布形式，可以列在官網的FAQ（常見問題）、或是用電子郵件向觀眾傳達故事提要，或者在即將體驗前，以媒體或主持人的形式在現場提醒。

如果你設計的體驗是過去從沒做過的，那規則和參數尤其重要。如果你打算創造一個全新的故事範式，勢必要能使觀眾快速又容易懂得怎樣「玩」法最安全最有樂趣。畢竟，他們對你的體驗付出時間和金錢。給他們設定參數，是為了了解如何安全可靠享受最佳的體驗。拿到積分獎勵，就是因為故事中寫入了這些參數。

舉例來說，去體驗《巢》（The Nest）之前，參訪者會收到一封電郵，詳細介紹交通路線，和其他事前提醒及注意事項。《巢》的團隊清楚向與會者說明，在這個大約六十至七十五分鐘的體驗中，參訪者會「步行、彎腰低頭、在小空間裡找方向、有幾段時間得站著、也會有一片漆黑的時刻」。電郵附件裡有故事提要，說明你為什麼去這個體驗——因為你剛標下一個拍賣標的，是一個儲物的貨櫃，原所有人是喬瑟芬・卡羅，她在幾個月前去世了。發出一封帶有真實世界指示的電郵，但附上拍賣行來的和故事有關的備忘，這手法很聰明，使觀眾在體驗前就進入狀況，而且創造期待感。

細想看看，如何分享你的體驗規則，用什麼方式會有趣又迷人。可以為你的觀眾創造複雜情節，但設定的期待得真的可行。通常，這個傳達形式就是觀

眾融入體驗的第一件事。你得拿出本領讓觀眾驚豔。就像電影的預告片，在觀眾有機會體驗之前，把故事設定在你的融入規則裡。那是一個挑逗，在最大賣點登場前用來吸引觀眾。

體驗的情感定錨是什麼？

　　為什麼情感定錨很重要？創造情感定錨，可使每一位觀眾在離開時，對體驗主題和實現願望的情感有更趨一致的體會。這可以直接連結到前面提過的確立體驗的核心「感覺」。如果你熟悉影視劇本寫作，不妨把情感定錨想成故事的主要情節點（plot points）。那些都是攸關故事定義「不能錯過」的時刻。就像迪士尼樂園裡的走在美國小鎮大街，可以去睡美人城堡，也可以看一天結束前的煙火大會。它們就是情感定錨，自始至終都緊扣著旅程並使旅程更加精彩。

　　這些情感定錨或「情節點」使故事以一種富含情感魅力的方式往前推進。維持觀眾進一步去發現及探索的興趣。和影視劇本一樣推動著故事前進，但和影視劇本不同的是，主角是你的觀眾。你的觀眾會選擇他們接下來想體驗什麼，所以，建立好這些情感定錨對體驗至關重要。

　　以下是為體驗創造情感「定錨」的一些想法：

1. **以表演秀或觀眾一定要參加的場面，做為體驗的開頭和結尾**
   - 在沉浸式劇場體驗《不眠之夜》（Sleep No More），一開始會鼓勵觀眾在吧台輕鬆啜飲，直到一位演員來招呼他們。在長達三小時的體驗裡，他們按照指示全程配戴白色面具，他們還會拿到一組規則，和一句結尾辭——「命運眷顧勇者」。
   - 在《不眠之夜》體驗的結尾，所有參與者都被演員聚集到宴會廳，一起登台進行最後的行動。

2. **以不同情感調性豐富體驗的多樣性**
   - 扣緊可繫結體驗主題的情感調性。在《星際大戰：銀河邊緣》（Star

Wars: Galaxy's Edge），我們打造了飛車、商店、餐飲設施，和其他代表《星際大戰》不同情感調性的場所。

- 〈光劍工作坊〉（Savi's Workshop－Handbuilt Lightsabers）[46]是這園區的「中心」。我們得在這裡迎向原力和主題的挑戰，使整體園區呈現出「每種選擇都有其必然結果」。情感調性要給人親密與歸屬感。這裡是原力強大的人們聚集的地方，他們來這裡打造他們專屬、獨一無二的光劍。

- 在〈星際大戰：反抗軍崛起〉（Star Wars: Rise of the Resistance）[47]，我們接招的情感定調是熱血的英雄主義。就像《星際大戰》電影有許多反抗軍鏖戰第一軍團的場景，我們想要捕捉那種感覺，讓參訪者置身在一場高張力的史詩對決之中。

- 在〈星際大戰酒吧〉（Oga's Cantina）[48]，我們想要捕捉歡樂與慶祝的情感調性。這是給所有星際大戰迷聚集、宅在一起聊多愛《星際大戰》的地方。飲料的取名、好玩的杯墊，播放音樂的DJ是機器人R-3X，發現有生物在吧台裡，甚至訓練卡司成員去啟動超空間引擎，鼓勵所有人齊唱Yocola Ateema、就是星際大戰中赫特語的「乎乾啦」（赫特語是星際大戰許多語言中的一種）。這裡是派對和慶祝的地方。我們的酒吧（cantina）是獻給《星際大戰》的一封情書。

- 在〈千年獵鷹：走私者大逃亡〉（Millennium Falcon: Smugglers Run）[49]，我們把變成走私客的願望實現出來，抓住這點讓參訪者以走私船組員執行一個重要任務，貼緊友情、同袍情誼的情感調性。這個體驗講求團隊合作。你和船員們彼此的溝通能力愈強，達成任務的機會就愈大。

- 在〈黑峰站市集〉（Black Spire Outpost Market），我們抓住敬畏、驚奇

---

46 https://disneyworld.disney.go.com/shops/hollywood-studios/savis-workshop-handbuilt- lightsabers/
47 https://disneyworld.disney.go.com/attractions/hollywood-studios/star-wars-rise-of-the- resistance/
48 https://disneyworld.disney.go.com/dining/hollywood-studios/ogas-cantina/]
49 https://disneyworld.disney.go.com/attractions/hollywood-studios/millennium-falcon-smug- glers-run/

與懷舊的情感調性。所有商店和餐飲場所都呈現出我們在《星際大戰》裡喜愛的各種事物。從絕地武士和西斯大帝的長袍，到各種生物，到玩具／遊戲，我們要確保所有時期的《星際大戰》都有涵蓋到。

3. 把人們喜愛的角色移住到體驗裡

- 永遠都不能低估角色的力量。透過把角色帶進你的體驗裡（無論是原創還是之前就有的），他們會把他們對周遭世界做何感受、該如何回應的信號發送給你的觀眾。
- 對孩童、以及外國人和多世代的觀眾來說，角色都是有助於融入故事的好方法。
- 角色的性質不見得都要四處走來走去。也能以視覺媒體、聲效、布偶、機器人、道具、或圖像的形式。
- 帶一個反派／對立角色到你的故事，觀眾會體驗到恐懼、憤怒、害怕和／或噁心感。
- 將一名英雄／主角帶進你的故事，觀眾會體驗到仰慕、崇拜、敬畏、振奮、興趣、勝利和／或榮耀感。

4. 聚焦在普世真理及情感上

- 跟上潮流，把「孩子最近說些什麼、做些什麼」呈現出來會很誘人。如果你的體驗存續期間很短，我建議，只要對得上主題就放手去做。不過也要記住，潮流來來去去。如果你一味地「想跟上孩子」，你的體驗可能轉眼就過時了。如果你要開發的是常設裝置，可別上了流行的當。維持經典才能歷久彌新。緊貼人類普世真理與情感。無論世界發生什麼事，這些價值要素永恆不變，可確保你不出錯。

　　你可以從這些想法中選擇一項或多項使用，把情感定錨帶進你的體驗中。最後，要確認情感定錨足以使故事完整無缺，保證主題和實現的願望符合觀眾的期待。

你故事裡的角色是誰？

前一章我們討論到為體驗創造情感定錨的重要性。創造情感的最佳方法，就是在故事中帶入有說服力的角色。這些角色你會在體驗裡遇到，代表體驗世界的卡司，而且應該不只有英雄和反派而已。

配角和主角一樣重要。他們揭示與主角不同的人生面向，能帶給觀眾共鳴或認同。他們以令人驚奇、向觀眾揭露的方式，把故事世界創造得更深刻、更豐富。他們同樣也支撐著主角的故事弧（story's arch）。

我很喜歡的一位作家瑪格麗特・愛特伍（Margaret Atwood），她在大師課中解釋：

> 一個寫得好的配角會有角色弧、強烈的觀點、和清楚的性格特質。在許多情況下，他們就是讀者日常生活中可認出的性格類型——就像主角一樣——他們會隨故事線發展成長及改變。不隨故事發展改變的角色，稱為「扁平人物」（flat characters），某些小角色是扁平人物還無所謂，但大部分次要的角色必須富有生命力，而且對讀者或觀眾要有魅力。[50]

無論你挑出來與觀眾見面的角色是選自既有的故事，還是必須為原創故事創造一個角色，這些角色都應該多樣化，而且對目標觀眾想實現的願望具有代表性。換言之，需考慮哪些角色能在體驗故事時實現觀眾的夢想？

你可以從許多不同的角色原型（archetype）中挑選。archetype一詞在古代希臘語中意指原始類型。瑞士精神病學家暨精神分析師卡爾・榮格（Carl

---

50 https://www.masterclass.com/articles/how-to-write-supporting-characters#margaret-atwoods- 8-tips-for-writing-supporting-characters

Jung），也是分析心理學的創始人，他在原型的概念上建構人類心靈理論。描述人類在我們集體無意識下形塑出十二種普遍的性格原型[51]。我們經常在敘事中使用這十二種原型。

榮格的十二種性格原型

- 統治者
- 創造者／藝術家
- 智者
- 天真者
- 追尋者
- 破壞者
- 英雄
- 魔法師
- 愚者
- 孤兒
- 愛人者
- 照顧者

克里斯多福・佛格勒（Christopher Vogler）在他著作的《作家之路》（The Writer's Journey）[52]書中，挪用神話學家約瑟夫・坎伯（Joseph Campbell）《千面英雄》（The Hero with a Thousand Faces）的素材，整理成英雄旅程中的八種性格原型。這些性格原型包括：英雄、導師、盟友、使者、搗蛋鬼、變形者、門檻守衛、陰影。

---

51 https://conorneill.com/2018/04/21/understanding-personality-the-12-jungian-archetypes/
52 Christopher Vogler, The Writer's Journey: Mythic Structure for Writers, 25th Anniversary (Fourth) edition (Studio City, CA: Michael Wiese Productions, 2007, 2020) pp. 3-4, 25-27.

- 英雄——主角；故事中的核心角色。我們都為英雄的成功打氣喝采。
- 導師——給英雄建議、獻出智慧的人，助他走完旅程。
- 盟友——透過友誼、知識及一般協助，在旅程中支持英雄。
- 使者——一個角色、物體或事件，在旅程中驅使英雄前進。
- 搗蛋鬼——為故事帶來幽默，但也有挑戰現狀的功能，改變英雄的思考方式。
- 變形者——這類角色會從我們最初在故事中看到的，轉變成可能是英雄旅程的助力或阻力。
- 守護者——為英雄旅程去除阻礙的角色或物體。
- 陰影——對立角色可以是人物或事件，功能是造成英雄的最大阻礙，避免英雄成功得手。可能是壞人、一群入侵的異邦人，或是天災，好比說颶風。

　　在故事中創造多樣化的角色原型，能打造一個更豐富迷人的世界。細想喬治‧馬汀（George R.R. Martin）的《冰與火之歌》（Game of Throne）系列小說和精彩改編的影集。馬汀建構了一個充滿有趣角色的世界，他們來自不同背景，但都競逐同一件事——要坐上鐵王座、統治所有王國。他很技巧地創造不同的原型，讓我們每個人都能找到自己認同的角色，為他們加油。

　　這些性格原型裡，有哪些能幫助支撐及強化你的體驗？他們會採什麼形式？就如同我在前一章所說的，他們不一定是活生生、會呼吸、四處走動的角色。他們也能以視覺媒體、聲效、布偶、機器人、道具、或圖像形式來呈現。也可以把這些媒體混合起來搭配使用，代表你故事中各式各樣的角色卡司。

哈利波特魔法世界
　　進到《哈利波特魔法世界》（Wizarding World of Harry Potter）[53]，怎能沒

53 https://www.universalorlando.com/web/en/us/universal-orlando-resort/the-wizarding- world-of-harry-potter/hub

見到哈利‧波特和他的死黨妙麗‧葛蘭傑、和榮恩‧衛斯理。除了這些主角外，你還需要加入更多角色來呈現 J. K. 羅琳書中龐大精彩的卡司陣容。那麼，你會挑出哪些？

這又回到實現願望的部分。我們討論過，在魔法世界中，你會想參訪霍格華茲城堡和奧利凡德商店。在霍格華茲城堡內，你想見到哈利的死黨妙麗和榮恩，可能也想見到教授們、和其他共同描繪出這個豐富世界的重要配角，像是霍格華茲牆上栩栩如生的人物畫像。還有很多角色可以選擇，但哪些角色整合起來會是完整的《哈利波特》故事呢？教授們如鄧不利多、麥教授、路平、海格，還有怎能忘記石內卜，這些都是反覆出現的角色，你肯定會想在霍格華茲見到他們。

在小說中，哈利在取得他的魔杖時，見到奧利凡德本尊。但在主題樂園的設定中，你可能無法保證每位參訪者體驗時都能見到某個特定角色。你要使明星池子多樣化，這樣才能招聘到頂尖表演者，兌現體驗的承諾。但你要如何建構故事，說明為何你們見到的是其他人，而不是奧利凡德？透過觀眾與奧利凡德魔杖商店的員工碰面，觀眾可以用好玩又驚喜的零售體驗方式，體驗給魔杖選中你的「願望實現時刻」。這樣一來就能雇用多樣化的卡司，包含各個不同年齡層的人。

原創角色的卡司

如果你是創作一個原創故事，而且角色未事先決定，那會發生什麼事？這規則也同樣適用：創造的角色要能實現觀眾在故事裡的夢想。那麼，體驗的承諾會是什麼？

Dreamscape Immersive的《外星動物園》

在這個VR虛擬實境體驗中，娛樂科技公司Dreamscape Immersive必須打造一個適合媒介的世界和故事，以實現探索外星景觀的夢想。從體驗的名稱可窺

知全貌——這體驗承諾你去到一個「外星動物園」（alien zoo）。因此可預期你遇到的「角色」是外星野生生物。

觀眾獲邀前來「參加一場太空野生生物庇護所的不思議之旅」，他們在那兒遇到「來自宇宙遙遠一角、令人嘆為觀止的各種生物型態」[54]，全部聚集在這裡保育著以免滅絕。故事頗直截了當，兌現體驗的承諾。

多樣化與代表性

思考角色的卡司時，擁抱多樣化和代表性很重要。記住，你的體驗應該歡迎所有的觀眾，即使你心中已有鎖定的目標觀眾。在創造角色時，你要挑戰過去曾做過的，打破刻板印象，並重新定義切合我們時代的性別角色。

我認為自己是多文化並存的作家，我總覺得在一個框框裡打勾就要定義我是誰，是很令人不舒服的事。我在印尼出生，是帶有華裔血緣的少數族群，四歲時搬到新加坡進美國學校就讀。在家，我和父母、親戚用印尼語混雜爪哇語交談，但對兄弟姊妹和朋友說英語。

我們所有人都是結構複雜的人類，帶著廣大浩瀚的經驗、歷史、和背景。你的體驗要具代表性，就要把觀眾涵蓋進去。如果他們沒在體驗中「看見」自己，或感覺沒有「獲邀參加派對」，就很難融入或投入自己的情感。

迪士尼幻想工程師同事大衛・多爾蘭（Dave Durham）分享他和家人於1970年代第一次造訪迪士尼EPCOT未來世界〈內宇宙穿越大冒險〉（Adventure Thru Inner Space）的故事。當時他還是一個黑人男孩，在排隊時看到表演秀的道具「搭乘設施」穿進通道一端，出來時卻變小了，讓他覺得很恐怖。變小還不是最令大衛受傷的部分。而是每個搭乘的人都變成白人的想法，就像顯示在表演秀移動道具的一樣，每個人從通道另一端出來時，坐在搭乘設施裡的人都變成小小的白色形體。他膽怯地對家人說：「那台機器會把你

---

[54] https://dreamscapeimmersive.com/adventures/details/alienzoo01

變成白色！」

　　仔細想想，在未來數十年內，美國的人口組成將經歷巨大轉變，觀眾的改變可能比你想像的還要快。皮尤（Pew）研究中心的數據顯示，到2050年，美國人口將以非白人占多數[55]。黑人、西班牙裔、亞裔、與其他少數族群會成為多數人口。此外，根據美國人口普查局資料指出，到2050年，六十五歲以上人口將會超過十八歲以下人口。

　　發展角色時，你要考慮到代表多元觀眾的其他要素。創造的角色要真實可信、懷抱理想，給觀眾心裡留下正面印象。描繪的角色具有不同才能及缺陷，身體美學、身形、尺寸、文化、和語言。你的英雄會是坐輪椅嗎？她有語言障礙嗎？你的角色跟哈利波特一樣戴眼鏡嗎？包著伊斯蘭頭巾嗎？所有角色都要高顏質？他們可以更年輕一些嗎？或更年長？能否來自不同的社經背景呢？他們說不同語言嗎？他們也用手語溝通嗎？試著去打破刻板印象。英雄不見得都要長相好看的金髮或棕髮。愛情故事也可以發生在兩個同性別的人身上嗎？技師就一定是男性？

　　也別以為用有色人種製造角色就是多樣化了，而讓作品就此打住。要確保少數族群的角色有充分完整的描繪，避免刻板印象或以偏概全。接收來自不同人們的回饋，尤其是你正在描寫的群體。你最不想做的事，就是以自己未覺察的偏見去形塑創造一個角色。

　　做為作家，你有權力想像一個其他人平常體驗不到的世界。當人們在你的故事中看見自己，會覺得他們跟你的世界更能連結。要做功課，調查研究。然後請適當人選提供正直的回饋和同儕評價。描繪一個你想居住的世界。在你傳達的訊息中，要帶來團結與正能量。

　　請記住，透過講述擁抱情感與普世真理的故事，能使故事變得雋永。提醒自己，故事是從創作者的角度來敘述，因此能影響、衝擊好幾個世代。身為說故事人，你有權力及責任為世界帶來希望、歡樂、與樂觀。你有影響並啟發人

55　www.pewsocialtrends.org/2019/03/21/views-of-demographic-changes-in-america/

們心靈的力量。善用你的文字力量，去呈現一個真實、多元、包容的世界。這
是你對未來世代該做的事。

角色表

依據專案規模，你可能需要發展一份角色表，把故事裡所有不同角色與相
互的關係都列進去。表中可以幫每個角色加上簡述，讓這張表成為更容易一目
了然的工具，而不像角色論述（character treatment）或聖經那麼龐大。

以下是角色表模板，你可以用來發展角色。欄列數可以視需求增加，重點
是保持簡明扼要，才會好讀易懂。

名字／形象	年齡	性別	種族／物種	出生地	意識形態／信念	故事背景	人物關係

你的故事場景設定在哪裡？

在前面篇章，我們曾以《愛麗絲夢遊仙境》為例，進行體驗媒介和觀眾行動的腦力激盪，但假設故事設定的場景不是那麼清楚呢？或是你在寫的是原創故事，沒給體驗預設存在的環境背景或世界呢？

先別煩惱。就如所有好的故事，總能找到理想的背景環境。透過檢視你目前為止收集到的要素，可以開始把理想的設定具體想像出來。

細想我們目前為止所有討論過的要素：

為何要說這故事

目標觀眾

觀眾的感受

觀眾的改變

主題

真實性

實現的願望

調性／氛圍

媒介

行動

觀眾角色

情感定錨

角色

以循序漸進的方式，試著用最少的字填寫角色表。根據角色是誰，我們可以決定觀眾在哪裡遇到他。或進一步，發揮你的主題、想要實現的願望及調性

／氛圍，你會更容易看出來想要觀眾在哪裡遇到你的角色。

我們來假設一個例子，你受雇開發一個有關大自然的重要性、人人都該保護大自然的展覽。他們想要的設定是，要能夠教育大眾了解人類對大自然造成巨大的衝擊。

試著從觀眾的視角，把資訊填進這張表裡。

為何要說這故事——我們需盡己所能保護大自然

目標觀眾——所有年齡層

觀眾的感受——我愛大自然。大自然對我和周圍所有人都很重要

觀眾的改變——為了自己和未來世代，我該如何改變日常習慣，以保護並保育這個世界？我能做什麼？

主題——保護我們心愛的事物

真實性——大自然的價值

實現的願望——我想徜徉在大自然裡，而且想和心愛的人一同徜徉其中

調性／氛圍——充滿希望的、令人好奇的，出乎意料的

媒介——小型團體生態旅行

行動——探索大自然的奧妙，和了解我們對環境造成的作用

觀眾角色——參與者——沉浸式

情感定錨——書檔式頭尾——有簡介的前秀，回答「為何要說這故事？」的問題。以具啟發性的體驗結尾，讓人了解要保護大自然和改善環境，而且今天就能做些什麼

角色——與「角色」見面的形式，與當地居民、自然觀察家、及環境專家見面（本人面對面、媒體呈現、圖像）。

綜觀所有要素可以清楚看出，為了敘述「大自然的重要性」的故事，希望觀眾改變最有效的方法是，讓他們置身於大自然。這大概也是博物館展覽可接受的選項，那為何不創造一個沉浸式體驗，讓觀眾置身其中以多感官體驗？你

也可以考慮提供兩個選項。起始是博物館展覽，接著是以生態導覽的形式沉浸大自然的優質體驗。

生態旅行有很多種形式。可以是穿過森林或叢林的導覽體驗，融入一些參與元素，像是自然環境問題的觀察與討論。如果親自徒步穿過森林或叢林不切實際，是否能改用吉普車或車子帶隊？如果你想觀眾愛上什麼，就必須帶他們去到你希望他們愛上的事物面前，以這個例子來說，就是大自然本身的環境。

透過觀眾置身在理想的環境中，對創造具情感說服力、緊密連結專案主題和實現願望的體驗而言，可說又更靠近了一步。

環境背景可有多個現場

在環境背景範圍之內，可以視專案規模規劃成多個現場。每個現場都應該有各自的名稱、主題、故事、環境、情感／感覺、角色（們）、和工作人員。

下列的是現場故事表（location story chart），你可以分門別類把每個現場拆解各開來。透過填寫每一個欄位，會更容易感受每個現場以及它們對更大的故事何以重要。所有現場都要能相互連結，支撐更大的主題。

地點	主題	故事	環境設定	情感	角色	工作人員
是什麼、為何選這？	主題為何？	發生什麼？	看起來像什麼？	感覺像什麼？	見到誰？	員工如何融入故事？

你可以依據專案範圍增加欄列數。尤其是對專業領域較廣的團隊，列表是很好用的工具，可以「快照截圖」一覽每個現場及其故事，而不必去讀整體的角色背景故事。

注意環境背景的文化挪用問題

從不同文化和國家汲取靈感，這沒問題，但要小心，在沒得到你試圖代表的團體／文化回應與支持前，絕不可宣稱你代表某個民族、城市、或國家。記住，你是透過自己的獨特眼光說故事，你下意識不自覺的偏見很可能趁此機會偷渡到你設定的場景中。你眼裡看到的「異國風情」，可能和來自該文化或國家的人有極大差別。你選擇在環境背景中凸顯出來的，來自該國的人可能不會那樣做。

善盡你的職責。每次進行專案時，都要延請合適的專家和相關人士擔任顧問，確保你創作的設定沒有誤用、或不當代表一個民族或文化。你必須在研究和教育下功夫，深入理解且能欣賞一個文化了，才嘗試以某種方式去表現該文化。

至於，怎麼做可避免文化挪用（cultural appropriation）的問題，以下是一些建議：

- 做研究時，使用可信可靠的材料。
- 聘請能真正代表該群體和文化的專家、及具有該文化背景的成員。花時間仔細聆聽他們的故事和想法。
- 實地考察現場，並且花時間去學習、了解、欣賞該文化。
- 表彰優點，或正式認可你所學習的文化。但別把該文化說得好像你自己的一樣。
- 與該文化的成員協作，提供一起從事專案的機會，販售他們的產品／服務，並以某種有意義的方式回饋他們。

你的故事發生於何時？

　　構思環境背景時，可以考慮設定成不同的時間軸。你的故事是發生在過去、現在、還是未來？或許故事是在過去、現在、未來的時間軸上交替跳接。故事發生的時間，等於告訴你自己（說故事人）和設計師們，在場域創生中需納入（及排除）的元素。

　　要在這段時間，為角色和參訪者創造一個讓他們追求夢想的可信世界。也要設定參訪者將有何體驗的承諾與期待。

　　例如，英國的Secret Cinema娛樂公司和Fever團隊聯手推出的《柏捷頓》（Bridgerton）[56]體驗，承諾一場長達三小時、賓客可一嘗1813年英國上流社會生活的晚宴，他們會進到Netflix原創影集《柏捷頓家族：名門韻事》的歡愉（但愛搬弄是非）世界裡。

　　該體驗承諾實現每位賓客的夢想，在倫敦的一處祕密場址參加「季節舞會」。女主人呢？正是威索頓夫人。在這段時間裡，可預期將有一個充滿別緻禮服和燕尾服的豪華舞廳，還會看到紳士決鬥、華爾滋和仕女舞伴卡，穿插在其他十九世紀獨有的風流韻事中。

　　創造沉浸式環境時也要考慮體驗的時間，讓賓客可以完全無後顧之憂地從現實脫身，在這段時間裡沉醉在他們最狂野的夢想中。

　　創造短期、期間限定的體驗是一回事，但假設你要設計的體驗裝置是常設規格呢？請牢記，期間存續要與靈活性成正比。一年後、五年後、乃至十年後，還能引人入勝嗎？到時候新的故事線會不會和現在的故事線相衝突？你應該在設計時就預留彈性，即使之後有新角色和故事線也能順利進入你的世界，不致造成參訪者困惑。

---

56 https://secretbridgertonball.com

有什麼類似作品？

設計任何體驗時，從創意角度了解有什麼類似作品和競爭者，這點很重要。在這一行，我們可能會有「基準之旅（benchmarking trips）。去不同的場址參訪學習汲取靈感，同時也了解我們還可能有什麼不同的做法。我們經常團隊旅行，以便能一同體驗，並在現場就有機會互相討論。

細想看看，什麼體驗和你的專案有類似特性。哪些體驗是你的直接競爭者？什麼地方有效，什麼無效？你會在那個體驗上如何改善？是什麼使你的體驗獨特出眾？怎麼做才能脫穎而出？

以下是一些建議：

結合想法

有時，很棒的想法可能是單純結合了另一個點子、或是多個點子的結合。音樂劇《漢密爾頓》（Hamilton）結合歷史傳記、饒舌／嘻哈與百老匯，打造成全新的概念。喵狼《永恆輪迴之屋》（House of Eternal Return）的想法融合藝術裝置和室內遊樂場。迪士尼樂園與迪士尼好萊塢夢工廠的《星際大戰：反抗軍崛起》（Star Wars: Rise of the Resistance）將數個飛車概念融合成一個有多種冒險場面的「景點」。

改變視角

細想，如何以獨特的方式說故事，好與其他體驗形成區隔。舉例來說，如果你要說《愛麗絲夢遊仙境》的故事，與其從愛麗絲的視角敘述，如果改從紅心皇后的角度，體驗起來如何？這樣做，會如何改變體驗？

改變氛圍和調性

你可以透過改變故事的氛圍和調性，使體驗別樹一格。想像一下，如果取材《小紅帽》的故事，把堅持「安全路徑」嚇人傳說的氛圍，改成令人興奮的自我探索旅程。那會如何改變你的體驗？透過把之前「步步為營」的調性，改為「勇敢走不同的路」，你的體驗就已經變得不同，而且獨一無二了。

改變類型

在影劇學院裡，我們學習如何把相同場景改寫成喜劇、戲劇、驚悚、懸疑、神祕、或心理驚悚等類型。或許也可以考慮改變體驗的類型，以便找出體驗的獨特要素。就一個戲劇題材來說，你能變成懸疑類型的互動式遊戲嗎？

舉例而言，在喬治・華盛頓維農山莊的互動式劇場體驗《成為華盛頓》（Be Washington），會邀請參訪者體驗當華盛頓的處境，在美國獨立戰爭期間「擔任總司令或總統，因應接踵而來的種種挑戰」[57]。在情感豐沛的戲劇效果中，參訪者需在四方關鍵態勢中警戒，再從載有顧問團選項的面板上選擇請益對象，必須在十八分鐘的互動規格中做出決策。這個體驗在戲劇類型中應用歷史題材，並藉由互動遊戲改成懸疑的類型。

改變媒介

與其做成一齣劇場秀，不如想像在船上體驗乘風破浪的樣子。思緒飛揚一下，如果《神鬼奇航》（Pirates of the Caribbean）是一個沉浸式的演練體驗。如果《愛麗絲夢遊仙境》裡「瘋狂下午茶」（Mad Tea Party）的乘坐設施，改成互動式遊樂場。光只是改變類型或媒介，就有許多種表現故事的方式。從不同角度看事情，或許會發現苦思遍尋的創新點子，原來近在眼前。

---

57 http://play.bewashington.org

只有你能說的故事

　　最後，要創作只有你能做的體驗。就像溫徹斯特神祕屋（Winchester Mystery House）一樣，絕此一家別無分號。沒有比在溫徹斯特神祕屋述說莎拉・溫徹斯特的故事和她古怪的房屋改造計畫更適合的地方。位於加州穆爾帕克的安德伍德家庭農場（Underwood Family Farms）若是設在主題樂園裡，可能就不那麼吸引人了。參觀一座運營中的農場、坐在拖拉機牽動的運載工具上、輕拍農場動物等活動，都只有在真正農場裡才能充分體會。

　　細想你的故事為何非得由你來說。好好推敲琢磨。仔細地想，如何使你的故事唯有你來講述才精彩。

將想法化為文字
（創意指南）

關鍵支柱

就像蓋房子，你得為故事創建堅實的基礎。這些「關鍵支柱」應牢牢掌握、寫在簡報／檔案中，以便分享給整個團隊。這是你撰寫創意指南的起始，包括了你的專案目標、創作承諾、故事的敘事手法，和其他的專案特定參數。這些關鍵支柱奠定你的故事基礎，並引導團隊創作的動機。

專案目標

要以精準並帶激勵的方式，概述團隊的共同目標。我在團隊協作時，會以列點描述我們要發揮創意做到的事項。這是一種「契約」形式，讓目前或未來的團隊成員都能確實了解團隊在打造的事物。不該有任何模糊臆測的地方。每個目標都要寫得清清楚楚。儘管這些目標或許有許多還在青空期（blue sky）／專家會議階段發展中。善用這些專案目標，凝聚團隊達成使命。

創作的承諾

體驗提出什麼承諾？請記得承諾實現參訪者的願望。如果你想的話，可以從列點開始，再填入血肉，但要夠清楚簡潔，使所有團隊成員都能了解。在承諾中，還可以寫出參訪者的轉變（離開時的感受）。你希望他們帶著什麼心情離開？

敘事手法

把你為體驗創作的故事架構，採取什麼樣的敘事手法大致描述出來。無論你的手法能否激起參訪者帶著孩童似的好奇去參與（例如：喵狼），或找到他

們內在的英雄（例如：復仇者聯盟園區），都要在敘事手法裡把你的敘事視角／特殊鏡頭描述出來。你會擁抱多元與真實嗎？在你的體驗中，參訪者扮演主動積極的角色這點是否重要？你說故事的敘事手法，優先強調的是什麼？

無規則可循

發展關鍵支柱並無快速有效的規則。做為創作團隊的核心成員之一，你要能夠帶領討論，集思廣益和專案有關的各個重要面向。這對新加入團隊的成員幫助尤大。畢竟，這整個過程界定了產出結果。你和團隊如何溝通創作動機，將影響團隊最後做出什麼樣的產品。如果一開始的溝通就含糊不清、令人困惑，那也會反映在成果中。從一開始就有清楚的創作動機與脈絡，最後結果的成功機率就會更高一些。

設計哲學

假設你的關鍵支柱都已就定位，那就是思考專案設計哲學的時候了。換言之就是這些關鍵支柱要如何在設計中實現。如何轉化為體驗中的建物、景觀、室內裝修、商品、餐點和飲品、聲效、道具、角色、及其他元素？這些元素無一不是刻意挑選或擺設。整個設計都有它的目的和意義，並且指向一個更大的切合較大敘事規模和場域創生的目的。

喬・羅德（Joe Rohde）在2010年5月2日巴黎舉辦的 ICAM15會議發表主題為「創造敘事場域」的演說非常鏗鏘有力。以下是部分的講稿內容[58]：

> 視覺敘述的關鍵原則是「展示」而非「訴說」。為了使設計師明白設計出來的空間是「展示」而非「訴說」，在他們還就平面圖或排山倒海的工作前，就要先將表面外觀的決策約定清楚。這些決策不能任意

---

58 https://www.dix-project.net/item/3490/misc-documents-creating-narrative-space

改動，不然會失去整個敘事衝擊力。最近許多敘事創生場域的嘗試都以失敗告終，且流於庸俗，其中一個原因就是，視覺敘事系統事實上是覆蓋上去的，而且是在相當後期才覆蓋在事先安排好機能的平面圖和立面上，而不是把平面圖和立面當做先驗的理由規劃。

你選擇納入設計哲學中的類型範圍，對專案來說是獨一無二的。以博物館展覽來說，你可以決定同時有圖像、複製和媒體等類型。或許你還有主題、地區、藝術流派、藝術家等類型，藉由如何為展覽挑選展示物，設定你的哲學。最後，你要為團隊發展適當的範圍。每個類型都要給設計師定義好清楚的參數。比方說，如果你在建造古代王國，那麼園區中門把的選擇更可能偏向木質的有機材料，而非現代光滑的鎳材質。

如果你有一整片土地或園區，可以將創意指南分成下列的專業類型：

- 建物
- 景觀設計
- 圖像設計
- 聲效設計
- 媒體設計
- 設定／道具設計
- 音樂
- 現場娛樂表演者
- 零售
- 餐飲
- 工作人員

先從跟創意總監會談開始，再和其他所有領導人（leads）會面，以確實掌握他們的處理手法。你會驚訝發現自己很快就能確認團隊步調有否一致。身為

故事高手，你能以協作的方式跟每一個專業領域的領導人溝通故事內容，還能反過來為設計哲學搜集重要的資訊。

建構的世界要易懂可信

細節中有細節、細節的細節中還有細節，
好將你錨定在我們所謂真實世界的事實中，而不是一個兒童繪本的幻想世界。

——喬·羅德[59]

設計哲學能把故事轉化成觀眾容易理解的設計。在迪士尼幻想工程團隊，我們設法建造立即「可讀性」，好讓觀眾瞬間擱下自己的懷疑。就如本書前幾章提過的，擱下懷疑這個概念描述觀眾如何為了在敘事中投入情感，而需要反應得好像角色是真的、他們自己就身處在情況／事件發生的當下，即使他們知道這只是虛構的故事。

仔細審視設計，無論是虛擬的還是實體，你的體驗有迅速轉化、真實表現你的故事與世界嗎？你可以擱下觀眾的懷疑使他們不致質疑這個環繞他的想像世界嗎？

建構一座想像世界涉及許多的細節問題，還要從真實世界裡汲取靈感。當你去到不同國家旅行時，你沉浸在具有獨特歷史背景的現場。細想，如何透過填入故事細節去創造一個發展充分、層次完整的目的地，讓你的嘉賓沉浸在你的世界中。

在創作一個獨特、有記憶點的虛構世界時，需要考慮這些問題：

1. 場址

你的場址在地球上嗎？在我們的太陽系內？還是在虛構的宇宙中？具體來

---

59 https://www.wikio.org/ne/wiki/joe-rohde-biography-age-earring-animal-kingdom-projectsand-aulani-497884

說，是在宇宙中的哪裡？周圍有其他天體嗎？有的話是什麼？那個位置對故事有更大的支撐意義嗎？如果沒有，能提供嗎？那個星球看起來什麼樣子？氣候和地形如何？有哪些自然資源？

2. 歷史

你的世界時間軸為何？有哪些主要事件形塑這個地方？有什麼單一事件改變人們日常生活嗎？這事件如何影響人們？他們有什麼反應和回應？十萬年前，誰住在這裡？一千年前？一百年前？十年前呢？事件發生前的狀態為何，發生後，如何改變了生活？

3. 民族與人口

人口組成是什麼？有不同的物種、種族、民族嗎？有不同的性別嗎？年齡群的分布呢？

4. 政治與社會組織

有政府嗎？有政治規則嗎？社會階層為何？誰在最上層和最底層？有沒有部會／王國／國家／城市／小鎮？誰是當權者？他們一直握有大權嗎？他們靠什麼維持生計？住哪裡？如何維生？單獨生活？還是群居？他們對「家庭」或「社區」的概念是什麼？

5. 價值觀、信念、文化、與習俗

他們的價值觀和信念為何？有不同宗教信仰或多神信仰嗎？有哪些神祇？當地文化為何？有什麼習俗？他們有某種獨特語言或說話方式嗎？彼此都怎麼打招呼？有什麼獨特手勢或姿勢嗎？他們怎麼看待世界？都吃些什麼？進食方式為何？他們有什麼休閒娛樂？他們有什麼技藝或文化的例子？怎麼穿著打扮？他們有什麼獨特的格調癖好？

6. 世界的規則

世界的運作規則是依真實世界的物理定律嗎？有魔法嗎？如果有，是什麼魔法，怎麼用？誰擁有魔法？是渴望、還是恐懼擁有魔法的能力？擁有魔法者有階級之分嗎？是否有曆法？曆法的時間和真實世界相仿，還是有不同的時間計算方式呢？時間以同一方式運作嗎？如果不是，如何不同？

這些全都在細節裡。只要一根絲線鬆脫，就能讓你嘗試打造的世界如錯綜複雜的織物四散開來。仔細測試檢查每個故事元素，問細節的問題，找出你的世界還有什麼漏洞，確保每個故事元素都妥善歸位、並且能夠提升更大世界的設計想像。穿過故事世界的鏡頭，好好審視每個元素，把格格不入的地方找出來，和團隊再一次編纂或重新檢視。

永遠別低估觀眾渴望相信的力量。這就是他們當初來你的體驗的理由；他們想暫時逃開、讓自己沉浸在一個可信的世界裡，以所有感官享受這一切。設計體驗時，你要確保所有細節都和諧順暢地運作，創造令人信以為真的錯覺；要無縫密接且毫無破綻。

以《星際大戰：銀河邊緣》（Star Wars: Galaxy's Edge）來說，我們必須確定參訪者能多快速從設計中讀出星際大戰。如果答案是「不太容易」，那就必須改變。我們要參訪者相信，他們真的置身在星際大戰宇宙中。我們的做法是，透過在園區的設計元素中設立可讀出星際大戰的視覺線索，包括從垃圾桶到洗手間。

「三秒定律」（three-second rule）是我們最喜歡的規則之一，我們從盧卡斯影業副總裁暨創意執行總監江道格（Doug Chiang）那兒學來。他則是從喬治‧盧卡斯那裡習得，盧卡斯用三秒定律決定採納或否決每一個設計案。如果參訪者在三秒內不相信他們看到的是星際大戰，那這設計就必須拿掉或修改。三秒，是我們觀眾判讀一個場景有無意義的速度，就是那麼快。如果你的體驗沒做到這個易讀程度，也會連帶使可信度打折。當我們的參訪者一進到〈千年鷹號〉（Millennium Falcon），可讀性必須在三秒內就建立好，否則就有失去

他們的風險。所以，不能讓他們有擱下相信的念頭。

全都在細節裡──選定名詞

做為人類，我們能辨識、尋找規律。看到某些「不合規律」或「反常理」的事物，我們可以很快發現。這對人類而言是一種生存機制。我們能分辨正有一頭獅子躲在灌木叢後，以利我們迅速逃離。我們在腦海裡創造各種規律，使我們得以學習，對規律賦予意義，以供未來參考。

所有事物，從路面鋪裝的結構質地、到牆上的燈座與垃圾桶，在你創造的世界裡都應該有它們的位子。你在迪士尼的《邊域世界》（Frontierland），不會看到任何現代化的媒體展示。迪士尼的《動物王國》（Animal Kingdom）不遺餘力、鉅細靡遺地打造一個為「大自然內在價值」發聲的世界。迪士尼甚至還會確保他們卡司成員的服裝必須切合該園區的主題。

我們在小學就學過，名詞是指人、地方或事物。留意你使用的名詞，能提高世界的易懂性和可信度，提供更有力的支撐。

人

如果你正在打造一個沉浸式世界，每一個角色和工作人員都應該切合這個世界的主題。迪士尼的卡司成員是世上最棒的客服工作人員之一，創造出好玩、包容、安全、有禮又有趣的環境。迪士尼不只為每個園區的卡司成員設計獨特的專屬服裝，也確保他們受有適當訓練。他們都有真實故事、用語（或我們稱之為咒語）的訓練，知道如何與參訪者交流，而且是待在「故事中」。只消一次不良的互動，就會「毀掉故事」，因此我們下了很大的功夫確保卡司成員都有自己的一套手法及創意支援能力，以維護並提升團隊不斷努力之下才創造出的故事。

如果你打造的是一個相對較小型的沉浸式體驗，細想如何訓練員工來為故事服務。無論是訓練他們學一些問候語或常用語，甚至要他們和參訪者「玩

要」一會兒，這些都可以在故事世界裡製造截然不同的差異。機會就在於，你的工作人員是觀眾與這個體驗的第一次互動。那麼，何不讓這個互動變得好玩又吸引人呢？

場域

創造出一種地方感或是幻想工程所稱的「場域創生」，是打造沉浸式世界時最重要的事情。當走進任何一個園區，無論是《幻想世界》（Fantasyland）或《未來世界》（Tomorrowland），都會給你一種去到截然不同世界的感覺。另外還有像《汽車總動員天地》（Cars Land）、《潘朵拉：阿凡達的世界》（Pandora – The World of Avatar）、《星際大戰：銀河邊緣》（Star Wars: Galaxy's Edge）等園區，我們已把沉浸感與真實性推升到一個全新境界。

但你不需要搭建十四公頃的土地，就能創造出沉浸式空間。仔細思考你的關鍵支柱和設計哲學。我曾經看過10×10平方英尺的房間（約莫305×305平方公分）營造出更甚於某些大型主題樂園的真實性和沉浸感。想想看，你最近一次去朋友家對其中一間房間稱讚不已。那是什麼吸引你、令你那樣激動？是朋友的藏書？來自世界各地的紀念品？還是他們多年來的各式手作工藝？無論多大的一個空間，都能用來說故事，一次講一個細節就好。

事物

除了人和場域外，你的專案也會受到觀眾看到、摸到、及互動事物的定義。所有要放進你專案裡的東西都得仔細考慮，確保它們能發揮支持故事的效用。切記，有些不適合放入的事物會使觀眾察覺到「脫離故事」。為什麼這很重要？因為一旦觀眾認定你不注意細節，等於告訴他們你不在乎作品有沒有撐起故事。正是細節，使水準普通的體驗與不同凡響的體驗有如天壤之別。這就是華特・迪士尼追求的完美精神，一路流傳下來，鼓舞我們每天都要做到那種完美。

人、場域、事物的和諧運作

我不知道已經從粉絲那兒聽過、讀過多少次了，他們對《星際大戰：銀河邊緣》（Star Wars: Galaxy's Edge）裡的小細節讚譽有加。無論是如實復刻或是象徵的地方，我們無不竭盡所能。致力於確保你看到、摸到、嚐到、聞到、聽到的每一樣東西，都原汁原味來自《星際大戰》。

舉例來說，我們的聲效部門，在創造比方說鈦戰機飛過上空的聲景細節元素上做得極為出色，加上傑出的卡司成員們（或我們稱他們為「巴圖星球人」）一聽到鈦戰機的聲音就突然低下頭來，說：「它們一天天愈飛愈低了」。這樣的沉浸感是所有專業合作無間的成果，才可能創造出可信的、激勵人心的生態。這一切都來自於我們一開始就有清楚明確的願景，也就是我們要打造一座絕無僅有、專屬《星際大戰》宇宙的星球。

小結——設計哲學

你的專案可能沒有一整個園區那麼大，但值得注意的是，無論規模多大，都該建立設計哲學，以引領團隊在創作動機和情境脈絡上朝向願景前進。

舉例來說，如果你在開發一間主題餐廳，你可以挑選適合你設計哲學的類型範圍。可能涵蓋餐點和飲品設計、以及送餐方式、音樂、材質、圖像、服務、和室內設計。每一個類型都要回到關鍵支柱，確定這些元素每一個都能夠在設計中體現／轉化出來。如果你的主題餐廳目標是把客人帶進「夢想世界」，那麼你要如何進一步定義你的類型呢？有悠遠飄渺的音樂給顧客飄飄然的感覺？餐桌能否不是真的餐桌，而是投影的光雕面，隨顧客選擇的夢想國度投影不同圖像？客人如何點餐？如何體驗點餐流程？仔細考慮你的體驗如何展現多感官，對細節的每一分講究都是為了說好你的故事。

最後，你要對準關鍵支柱的目標，把設計哲學的類型範圍說明清楚。每個類型都應該　致性或同步化，相互補足，達成一個更大的整體。換言之，每個類型都要有相同的視覺語言。有了強大且各就各位的設計哲學，做決定時就能減少模糊性。做為一名設計師，如果你打算在深色金屬門把或淺色木質之間挑

選一款來支撐「夢想世界」的概念，依據你的關鍵支柱，你可能會選擇較柔和、偏有機的材料。

把適合你專案的東西開發出來，決定什麼對團隊成員有用。與負責整體的創意總監、製作人和所有設計師開會。藉由頻繁對話、以及更深入探討創意動機，能讓你發現令人驚奇的事物。做為說故事人，你的工作是對設計提問「為什麼」。為什麼這些空間你選擇這些顏色？為什麼這棟建物你選擇這造型？誰是進來體驗的訪客？為何選擇這些道具和物體？你能提出許多團隊從未考慮過的重要問題。在這些對話中，你們可以一起形塑體驗的故事。

在發展你的園區設計哲學時，請放心，在設計過程中你都可以反覆檢視。在專案啟動前，還不需要把所有事情確定下來。我經常在一學到新的知識，就回頭檢視設計哲學做些微調。我們都處在不斷更迭之中，不太可能一開始就確立好所有原則，之後都不再改動。但所有的學識無論如何都應該抓進設計哲學裡，這樣不管是現在或未來的團隊成員，都可以了解你設計動機的原始資料。設定情境脈絡、確立合理的設計選擇，並提供有用的範例，使團隊共同達成核心任務。

等等，還沒結束……

我們討論了開發關鍵支柱和設計哲學，還有什麼應納入創意指南裡？

在電視界，作家們發展出所謂的「影集聖經」或稱「故事聖經」。那是整個電視演出的藍圖與正式文件，用來追蹤角色、故事弧、每集和每季的軌跡。典型的做法是，由作家（們）列出節目提要、角色簡介、各集大綱樣本、故事弧，及其他相關資訊，好幫助節目順利交給行政部門。

除了這部聖經外，作家（們）通常也會將試播集（即第一集）納入宣傳包裡，這麼一來行政部門就能具體了解節目型態。一旦雀屏中選，這部聖經便成為作家的活資料，給後來接手作家及團隊成員追蹤節目內容使用。這本聖經大概在十到五十頁不等，視專案而定。

創意指南對你的專案多少也該有這樣的功能。應該把參訪者體驗的演練詳細描寫下來。描述參訪者在體驗過程中看到、聽到、摸到、聞到、嚐到、互動的所有細節。你可以把整個體驗拆分成一幕幕的場景、詳說關鍵細節。至於要描寫到多深入，由你自己決定。總而言之，創意指南必須有效描述你的體驗，讓無論是誰拿到這本指南一讀就懂。

　　以下是其他篇章／章節，也可以納入你創意指南裡：

- 專案團隊成員／簡介
- 參訪者體驗——依幕列出
- 主要角色
- 配角
- 角色關係
- 故事線
- 零售描述
- 餐飲描述
- 娛樂描述
- 季節性事件
- 專屬大事件
- 不間斷的參訪參與——如何使參訪者保持沉浸？
- 多平台的敘事延伸——摘錄其他連結體驗的格式
- 有用的資源
- 趣聞／彩蛋

　　最後，你要以書面形式創作一本能充分掌握創作動機的指南。就像為電視影集寫的故事聖經一樣，必須資料完整，豐富詳細，但簡明扼要。對那些負責支撐、維護、持續創作動機的人，你要傳達給他們最重要的訊息是什麼？能否添加一些視覺化輔助、圖像，或其他重要元素的例子？

這本創意指南對未來創作者和團隊成員在編寫新故事、以及把體驗發展成其他規格或各種機會時，也要能發揮實用指南的功能。透過閱讀你的指南，他們可以開發新體驗，衍生出版書籍、漫畫、周邊商品，提供餐飲、行銷活動、應用程式、或遊戲。如果你已經創作出內容豐富、充滿潛力的體驗，那未來的機會自是無可限量。

交付寫作成果

你為沉浸式娛樂寫作，那是什麼意思？主題樂園也需要作家創作嗎？那是什麼樣的寫作？大家知道的作家，似乎都是電影、電玩遊戲、漫畫、和書籍的寫作。而聽到沉浸式娛樂界的作家時，多數人都感到吃驚。

的確有專為沉浸式娛樂創作的作家。故事不會憑空出現。世界上最棒的體驗都是創造出來前就先寫好故事。每個團隊裡都有多位創意人和說故事人，而作家就是那個捕捉所有最佳點子寫成文字的人。他們提倡故事、也是箇中高手。他們負責帶著故事任務和最終目標，維持創意團隊走在正確軌道上。

寫作，正是我傳達故事的工具。藝術家作畫、設計師設計、創意總監指導、製作人產製。作家當然就是寫作。我們所有人組成團隊一起工作，以不同領域的專業共同賦予故事生命。我們依個人技術專長、並且視專案規模大小，交出不同成果，這些成果也可說是獨一無二的。

做為作家，你可能要在不同專案階段負責交出成果。

青空階段（專家會議之後）

專家會議之後，作家要繼續在大概念上開展，把概念轉化成專案目標、主題、關鍵支柱、和設計哲學。在展開的過程中，作家群負責研究各個故事或題目。作家可以發起建議延請專家或顧問，匯集所有專案發展所需的關鍵情報。作家要撰寫訪客體驗的概念說明、摘要、及簡要概述。也可能被要求撰寫推銷此概念的文案及講稿重點。

概念／設計階段

在概念階段，作家群需界定訪客體驗的定義。一開始從基本概念著手，再偕同核心創意團隊創作節拍表（beat sheet）、概要、論述，並在最後編成劇

本。除了發展主秀外，作家也要協助編寫其他搭配的聲效、圖像及媒體素材。他們和團隊攜手一起為園區、景點、餐飲、零售、角色見面、及其他體驗創造命名系統（取名）與故事。如果作家群打算建構一個沉浸式世界，那也得把角色的名字和背景故事創造出來。他們會與任何相關的工作夥伴協同作業，確保故事真實精確地呈現並且令人著迷。

製作／實施階段

作家依據體驗反覆細瑣的發展程序，持續進行任何材料的改寫步驟。他們以團隊作業，經過各種劇本草稿和其他書面寫成的如「創意指南」等，共同決定故事的最佳完善程度。故事還可能根據專案參數再做微調，也可能要求作家改用其他格式表現故事看看，如媒體、影像、圖像、表格、和其他素材等。經過反覆修改，最後完成媒體和圖像規格的劇本定稿。在確保故事都已更新成最新版本後，再分享給團隊。

裝置階段

除此之外，作家還需創作其他內容，像是給訪客的指標系統（Wayfinding）、行銷宣傳、及各式溝通訊息。他們要協助撰寫零售點的商品描述，也要撰寫餐飲品項描述。在裝置階段期間，有些創意元素也可能修改。掌握所有變動並將變動之處跟團隊溝通清楚，也是作家的職責。

開幕前的階段

作家要完成能清楚掌握體驗創作動機的創意指南（如果還沒寫好的話）。也要把工作人員在故事中說的「咒語」（in-story spiels）或話題重點等實用資料開發出來，並撰寫成工作人員培訓教材。作家要探索各種獨特的方式，創造可吸引觀眾的強力鉤子（hook）／賣點。

開幕階段

　　最後，作家們要準備行銷宣傳、溝通訊息、話題重點等材料，交給專案團隊成員。他們也可能被要求向新聞媒體傳達，以專案的故事代表出現在媒體上。

開幕後的維護

　　作家需負責保持世界／展覽／體驗的活力。也要負責保持體驗內容新穎、切題且富有魅力。他們可能得發展出新的故事，或是以不同格式為故事注入活力（例如：新推出餐飲、商品、出版品、虛擬／數位、四處走動的角色）。也可以和不同事業部門的夥伴合作共同開發，在多樣化平台上擴大敘事宇宙，幫助觀眾以特別的方式跟故事建立連結，融入其中。

業界格式

　　許多人會問，為沉浸式娛樂寫作有沒有一定的格式。簡單回答，沒有。除了寫劇本時會使用如Final Draft等專業軟體外，大部分我們在交件時都是使用微軟的Word或蘋果的Pages撰寫。

　　我們也常用如Keynote或PowerPoint的簡報格式在群組上分享想法。總之，就是以某種最有用的方式抓住創作動機發布給團隊。這也可能因公司而異，所以在格式上最好保持開放的態度靈活運用。但最後無論如何，你都要表現出最專業的工作態度，不要有錯別字或資料錯誤。

提案力、簡報力和溝通力

　　勤練提案、表達與溝通能力，這有多重要不用我多說。做為作家與團隊的故事領導人（lead），需要你用精簡扼要、激勵人心、有效率的方式，對內部及外部合作夥伴簡報故事內容。當有人要你做專案簡報時，你的回答永遠都要是響亮的一聲「沒問題！」

　　我清楚記得那一刻，我決定跨出舒適圈挺身而出代表團隊。那是在2017年的迪士尼D23博覽會（D23 Expo，兩年一度，是迪士尼為粉絲舉辦的盛會）。團隊裡許多領導人都在徵詢自願者，以寫好腳本的檔案向粉絲們簡報園區模型，或是自願在園區走動、回答參訪者的各式提問。那時我選擇了後者。

　　博覽會首日，我抬頭看到我們一位年輕設計師主持全場、正在向一大群來賓簡報園區模型。我瞬間明白自己錯失了大好機會。我明明有機會說說自己多麼熱中這個專案，但我卻沒有把握機會。

　　我突然醒悟，做為一名亞裔女子，我必須在創作領域裡代表其他少數族群盡一份力。我想像著一名年輕的亞裔女孩走過去，對著群眾簡報，舉目所及不見任何跟她一樣的面孔。我想起自己曾是那個小女孩，並提醒自己，想要變成你生命中沒見過的樣子，本來就不簡單。

　　把事情做好固然重要，但讓人有機會見到作品背後的樣子也很重要。從那刻起，只要有機會介紹專案，我都欣然接受。不論是對小團體簡報或在更大規模的禮堂裡演講，我都答應。兩年後，我與其他受敬重的專題講者，以「《星際大戰：銀河邊緣》幕後激勵人心的女性」一起登上迪士尼D23 博覽會（D23 Expo）舞台，那一刻，我知道我做了正確決定。

提案力——了解你的觀眾

這幾年來，我學到一些很棒的提案技巧。首先最重要的是，你必須相信、而且要對你的專案有熱情。這是先決條件。我學到的另一重要技巧是，了解你的觀眾。這不是什麼新的概念，但提案時我們常常會忽略。你的提案對象是誰？如何剪裁提案才像說出他們的語言？他們需要什麼？如何剪裁提案，才能切中他們要的點子？這完全取決於你是否說服得了將來可能為專案挹注資金的公司主管，或正在對你的團隊創意提案多方考量的客戶，切記，無論如何要讓對方感覺他們將是成功團隊的一員。每個人都想要贏家的感覺。讓他們走出大門時心無懸念認定，他們想成為這個團隊的一分子。

簡報力——了解你自己

我從迪士尼幻想工程的執行創意總監克里斯·畢提（Chris Beatty）學到很棒的技巧，我相信他是我見過最好的演講人之一。不僅是他一開始就以熱情與熱忱感染現場聽眾，他也展現了自己的專業。

我曾請教他，演講的祕訣為何。畢提指著牆上一幅後來成為《星際大戰：銀河邊緣》黑峰站的概念圖。他回答說，應該從自己的專業說服。畢提解釋，做為設計師，他會講解這幅概念圖中光束如何投射在表面創造出壯麗感，以及他會如何選色營造溫暖氛圍。不過我是作家，我應該透過故事來表現。參訪者如何受神祕陸行艇的吸引走進這空間，想看看隱蔽的空間角落或縫隙裡會有什麼發現。他們看了這些物體如何思緒飛揚起來，不禁好奇是誰運作出這個空間，他們為什麼會在這裡。簡報演講時，要憑藉你的專業，把你懂的展現出來。

溝通力 —— 了解你的團隊

　　這些年我也了解到，與團隊有效溝通，這意味著在專案裡你要尊重並認可他們的專業能力，從引起你好奇和想學習的地方，找到讓故事順利運作成形的方式。在我的經驗裡，就團隊溝通及最後必須共同協作來說，公開透明至為重要。把自我擺一旁，好好傾聽與學習。所謂溝通，不僅是會說話會表達，還要用心聆聽團隊的聲音，了解他們的想法，並且把創意決策傳達得更完善。

　　多年來，我與不同專業領域的人一起工作，從平面設計師到音訊工程師都有，我從他們身上學到很多。在和他們溝通時，我會從好奇的地方開始對話。我很樂於向他們學習更多專業，了解他們的媒介能夠把故事表現到多好。畢竟，他們都是各領域的專家，我只有努力了解這些媒介才可能充分應用，把最好的故事成果呈現出來。我們都追求同一目標，就是為專案創造出最佳成果。那為何不善用他們的優勢與專長來實現共同目標呢？這樣才是雙贏。

傳遞火炬

　　雖然你已經善盡故事領導人的責任，還有作家在概念、設計及裝置階段該完成的寫作，但你的工作還包括培訓及教育團隊，好讓他們能維護整個體驗創意的完整性。你可能就要轉去做其他專案，但仍須確保你與團隊為體驗付出的所有努力都能夠順利延續下去，而且預留了將來或有機會可以修改或優化的靈活彈性。

　　在迪士尼，我們有一個好用的工具叫做「展演資訊指南」（Show Information Guide）。這是體驗的創意指南，無論是在餐廳、商店、景點、或園區，作家會把這些地方展演的所有創意及故事動機都捕捉在一個個文件裡，提供卡司成員在擴展體驗生命時做為參考。

　　這份指南改寫一下就可以用來打造各種場址，從博物館到國家公園皆可。那是給全體工作人員使用的工具，了解如何向參訪者傳達緣由、歷史、故事、和體驗。你絕對不會想看到工作人員一個接一個把錯的故事、資訊傳送給未來的參訪者。這就是他們之所以要如體驗的故事聖火傳遞人一般、需統整一致傳遞火炬的原因。

　　這份指南還有另一個功能，方便窺見原創設計者和敘事者的創作態度。他們的創作動機為何？為什麼會做某些創意決策？為何選擇這個目的？為何選擇說這個故事？參訪者會見到哪些角色，為什麼？參訪者要做什麼、體驗什麼？我在故事中的位置是什麼？參訪者的角色是什麼？

　　依據你的體驗種類，你可以把許多章節和類型整合到指南裡。《星際大戰：銀河邊緣》（Star Wars: Galaxy's Edge）的創意指南就超過了二二〇頁，包含圖片及其他有助於視覺化的珍貴物品。這份指南除了在卡司成員溝通方面具有整合作用，對有意把園區故事擴展到其他遊戲、出版、商品、餐飲、現場表演（live entertainment）、及其他新創事業的合作夥伴，也有相同的功能。

你還可以把許多不同的輔助素材納入你的指南裡，包含但不限於卡司成員的角色、趣聞、有趣的數據指標、原創設計團隊的語錄、資訊圖表、及其他的視覺輔助和圖解、背景資料，甚至是重要用語彙編。

但這樣的用意並不是把這份指南變得厚重又繁瑣，那樣沒人要讀。應該是打造成簡明扼要、資料整備、易讀好懂的指南，這樣才能鼓勵員工閱讀、進而領會體驗的創作動機。如果能贏得員工青睞，就能贏得訪客垂青。熱情和熱忱都有感染力。值得激勵你的員工傳遞下去！

卡司成員的咒語

幻想工程使用的另一個強大工具是「卡司成員的咒語」。咒語，並不是腳本台詞（因為我們的卡司成員不是訓練來當專業演員），而是提供卡司成員原則方針和參數，讓他們在故事世界活用，與參訪者一起沉浸在故事中。他們給卡司成員們重要的資料及回應方式的建議，好讓他們在支撐體驗世界的可信度和真實性時，擁有需要的所有工具。

在才華洋溢的創意總監寇瑞·盧斯（Cory Rouse）與全明星製作人瑞秋·雪比（Rachel Sherbill）帶領下，團隊為迪士尼園區開發一套完整詳盡的卡司成員約定課程，確保我們的卡司成員能夠完全融入我們創作出來的故事裡。

受盧卡斯影業副總裁暨創意總監江道格（Dough Chiang）啟發，我們在培訓卡司成員時採用「80／20法則」。在設計電影《星際大戰外傳：俠盜一號》（Rogue One）時，道格希望他們的設計要有80％像盧卡斯的經典設計，「其餘20％混合前傳的設計，看起來更多手工製造的感覺」。[60]

我們的基本原則是，卡司成員要有80％的對話來自他們的真實生活，20％來自星際大戰宇宙。這使他們在與嘉賓互動時，不全然都得即興發揮。我們要確保他們的互動盡可能真實自然，這表示他們可以從自己的生活中汲取靈感。

---

[60] https://www.starwars.com/news/swco-2017-10-things-we-learned-from-doug-chiangsrogue-one-panel

說說自己的生活，這比假裝自己活在虛構世界裡容易得多。

　　比方說，如果有位卡司成員的真實生活是一家四口，還有幾隻狗，那在園區也可以是一家四口、也養了幾隻狗。只不過，他們是生活在巴圖星球上，養的狗是「獵犬」。

　　如果他們真實生活是住在郊區，我們也會有個巴圖社區，跟他們真的家有共同類似的特質（例如：住獨棟大房對照住公寓大樓）。如果他們有特定嗜好和技能，比方說釣鱸魚、在車庫修車、寫程式，我們也會在星際大戰裡給他們對應的嗜好和技能，只是變成釣布拉魚、修陸行艇、以及編寫機器人程式。

　　每次培訓在一開始時，每位卡司成員都要依據他們的家庭、背景、經歷、生計、興趣和性格，發展出個人小傳。在訓練卡司成員融入成為巴圖人時，我們的目標是他們要感覺輕鬆自在，這樣才能讓他們在巴圖星球情境中自然地說自己的生活。他們不必是星際大戰專家才能融入那個世界。當然，他們還是得學習一些新名詞（例如：hounds〔獵犬〕、landspeeders〔陸行艇〕、droids〔機器人〕），但動詞就跟平常一樣使用就行了（例如：「釣」魚、「修」車、「寫程」式）。

身為作家

其他大部分的寫作工作會告訴你找出自己的獨特聲音，「寫你知道的事」。如果你是為自己而寫作，這或許是真的。但如果你寫的是小說、劇本、系列短篇故事、或是詩，講述只有你能說的獨特故事，那這答案也是肯定的，找到你自己的聲音，寫你知道的東西。

不過，在沉浸式敘事中，你會被分派某個主題，你必需帶著豐富情感、以吸引人的方式表現出真實性。身為說故事人，你必須態度開放且適應力強。你可能對有些主題比較感興趣，但最後不管怎麼說，你做為職業作家，對每一個提給你的主題都應該熱情迎接。欣然接受每個專案的挑戰，講述過去沒說過的故事。

過去，我曾為體驗寫的故事包括啤酒、舊州議會大廈、野生生物、火箭科學、彩妝品、韓國流行樂、電信通訊史、寶萊塢、天氣、超級英雄、絕地武士等，這裡僅能列出部分代表。做為說故事人，找到熱情以及自己跟主題的關係是你的責任。你要能回答「為什麼我在意？」的問題，這樣才能幫其他人在任何主題上找出有說服力且更深入的意義。

了解你自己

雖然你很希望各種故事類型不管什麼主題與任何規格，你都有能力說好，但了解自己的強項和興趣還是很重要。當你和業界專業人士開會時，要能對你聽到的故事提出好的想法，而且了解箇中原因。

學會說出你喜歡的一些故事、景點和體驗。最重要的，學會把什麼打動你說出來。發展成個人的座右銘。

我的座右銘便是：藉由故事的力量喚起心靈。

無論我在做什麼專案，這都是我的目標。藉由故事的力量喚起心靈。我想要他們背脊一陣冷顫、眼中噙著喜悅淚水，搖醒他們，還要改變他們。這才是我感興趣的那種敘事。

　　做為一個「熱中體驗人士」，去嘗試不同種類的體驗都是好的，能了解什麼類型的體驗吸引你。熟悉市面上有什麼樣的體驗也很重要，讓自己對類似產品和競爭對手有更多了解。編劇會看其他電視節目和電影。小說家會讀別人的作品。體驗設計師要參與別的其他體驗。對各式規格都當個好奇的學習者，盡可能吸收。

　　你可以透過問以下問題，了解身為作家的自己：

1. 你的座右銘是什麼？動力是什麼？
2. 舉出你有史以來最喜歡的五個故事／體驗／景點？
3. 為什麼這些故事和體驗令你著迷？
4. 你心目中的前五名，有重複出現的故事、類型、或主題嗎？
5. 你最近去的體驗是什麼？有什麼想法？為何有此感受？
6. 你想和世界分享什麼故事？

　　如果你很容易回答這些問題，那表示你清楚覺察自己身為說故事人。如果你知道自己是怎樣的說故事人，你就有改變觀眾的力量。

　　如同我在先前章節提過：

> 若能在故事裡找到一部分的自己，
> 觀眾就會在他們自己身上發現一部分的故事。

以寫作為業

在多專業領域的團隊裡擔任作家，對待專案要有正向、樂觀積極的態度。你是團隊的「中心」；了解這體驗更大意義的人。做為說故事的人，你代表體驗的故事，沒有人能替代你。你必須學會清楚地、有說服力地、以情感豐富的迷人方式，傳達故事的內容。你的角色是提供團隊清晰的主題思路。如果團隊在理解大概念上很艱難，那你便有責任與創意總監合作，引導團隊朝向創意目標前進。

每個團隊成員的時間都很緊繃，而且有他們自己的優先順序和職責。我們要在有需要時互相協作，一起朝共同目標前進。這並非表示你要放棄私生活與界線。而是指，你應該提供團隊成員協助一起打拼，尤其是在專案壓力最大、最挑戰的階段。我做過最棒的專案，都是專案領導人和團隊成員相互支援、相輔相成完成的。工作本身就夠難了。有團隊的支持，自然能做得更好更順。

最後，我們個人的名字不會在大螢幕、告示牌或書封上呈現或特寫出來。這一行講的是團隊。你是創意引擎的一部分，合力在過程中推動專案一步一步向前。一旦引擎中有部分故障，整件事就會慢下來或潰散掉。所以，你要成為別人能夠倚靠的對象，不過必要時也要懂得尋求協助。務必問清楚任務的前後脈絡，釐清優先順序。如果有人尋求幫忙的技術或知識你不懂，就得把問題提出來，或是要求協助及資源。

你在工作中贏得的聲譽，遠比想像的流傳更久。在專案團隊成員心目中，你在工作中的表現會決定他們下個專案是否再找你合作。你是以說故事人與作家在打造自己的聲譽。要一磚一瓦、一步一腳印建立你的專業類型。其他專業人會依據你現在的專案表現，決定你是否就是他們建造下一棟房屋時要延攬的人。

世界很小，這個圈子更小。要努力成為大家籌組創意團隊時想要納入的對

象。要做一個善良、負責、值得信賴、工作認真、且具應變彈性的團隊夥伴。你可能有更大更多的抱負，但應該努力先把這些最重要的事情做好。沒有人希望跟個性難搞的人一起工作，無論你在這一行有多厲害、多有才華。無論你在這行裡多資深，沒有人有時間和精力去應對傲驕自大的人。當工作已經夠有挑戰性了，團隊不可能把時間和精力花在某人難搞的個性上。

如何入行？

實際上，這行業並沒有一條明確的入行門徑。我知道這不是你想聽到的，但這是實話。我在寫作職涯中遇到的每一位作家，最初入行的方式都不盡相同。不過，這裡有一些建議可能在你的旅程中有所幫助：

1. 閒暇時間多寫作

作家就是要寫。這迴避不了。就算你現在沒有案子，也應該用大部分時間來寫作。什麼都寫。無聊的小事也可以。寫個短篇故事、詩、劇本，或是下一部超棒的小說。寫作是一門技藝，需要不斷花時間練習。就像運動員或音樂家一樣，你必須花時間好好錘鍊，養成自律。

你也要學習當一個多功能且適應力強的作家。除了寫劇本外，也要學習描寫環境、簡要內容、互動式媒體、有聲稿、以及產品說明書。這些形式的寫作全都會在作家角色中派上用場。

公司徵才作家時要求的一項特質便是，要有在敘事中改編和變通的能力。你可能得把一個十分鐘的表演秀，改寫成在看板上呈現的圖像作品。你可能要寫一齣秀，但必須改變調性、角色聲音，和／或場址。也可能需要為產品撰寫說明書或行銷手冊。甚至還可能要幫一首曲子填詞。

你得花些時間發展某些殺手級的寫作樣本——從廣告寫作到環境描述，再到家庭娛樂／喜劇腳本，都可以。其他也很棒的寫作樣本還包括為電玩遊戲、漫畫書、網站、和其他格式撰寫腳本和書面材料，展現你的寫作範圍與多樣性。同時，也要留意徵才公司的智財權（IP）和題裁類型。你總不想把成人喜劇腳本或恐怖故事的寫作樣本寄給一個家庭娛樂公司吧。還有，只寄出你最好的作品。你只有一次機會給人留下第一印象。

2. 從自由接案起步

我還是南加州大學的研究生時，曾接過國外一些動畫公司的寫作案子。因為那時我還不是美國編劇工會會員，那是當時我能以寫作獲得酬勞的唯一管道。自由接案是打進有薪酬寫作的一個好方法。公司不必聘你做全職，你也可以在有能力承諾前「測試你的能耐」。同樣的，你也可以在承諾他們之前，「試試」這家公司。

做為一名自由接案作家／顧問，你能跨足不同產業承接多種工作，讓你更清楚哪種工作或產業適合你的技能和興趣。我接過動畫、製作、教育及設計等公司的案子。這對我來說是確定自己對什麼感（或不感）興趣的好方法。我很快發現，自己對技術寫作沒興趣（儘管這類工作收入頗豐，近來人才需求大）。我也弄清楚，我對撰寫兒童及家庭娛樂題材非常感興趣。我認為自己仍童心未泯、喜歡用孩子的角度看世界，這在打造以闔家為對象的體驗時可派上用場。

如果你才剛在這一行起步，自由接案也是得到一些經驗及認識新朋友的好方法。你有寫作的目標。再加上如果夠幸運的話，你的作品有可能被製作出來或出版，那會成為你作品集中強有力的樣本。一份作品集不管多微小，都比沒有作品展現你的才能來得好。

3. 人際網絡及建立關係

這點對我來說比較難，因為我的個性偏內向，討厭社交活動、討厭交際。不過，在這行業裡建立人際網絡非常重要。如前面說過的，這世界很小，這一行更小。大部分我得到的寫作工作都是因為私人關係和「口耳相傳」。大部分的寫作工作不會刊登廣告。因此，你更需要盡量多認識業界人士，並且盡可能多學習。

如果你打算參加社交活動或其他的業界活動，比方說國際遊樂園或景點協會展覽會（IAAPA，The International Association of Amusement Parks and Attractions Expo），找個朋友一起去。先透過電子郵件或通電話的方式認識某

人，如果你們已經建立關係了，詢問看看能否在業界活動上跟他們見面，請他幫你和你朋友介紹給其他業界人士。

不過，要牢記一個重點，不要去這些聚會要求工作。而是透過聚會試著探詢相關工作資訊，或就只是單純「見面打個招呼」。讓人們知道你對他們業界做的事很感興趣，詢求對方能否挪出半小時喝杯咖啡，聊聊他們的經驗。只要能從忙碌的行程中撥出時間，多數人都會樂意安排通個電話或私下見面聊聊。最管用的方法是有人推薦。「某某人告訴我可以跟您聯絡，聊聊您的工作。」

我經常跟有此志向的幻想工程師及作家「見面打個招呼」，但我很少雇用從未共事過、或不是很信任的人推薦給我的人選。這就是為什麼你應該帶著好奇態度，在這些聚會探詢你認真思考的問題，而不是直接開口要工作。與人見面不只是打勾一個「待做事項」就好，而是要好好想想問他們什麼問題會有助於自己確定這是正確的職業選擇。

很多時候，你對工作的印象跟實際情況大相逕庭。跟業界的不同專家見面，能讓你對這個值得投入但要求很高的工作，有真正深入的了解。

隨時準備好聊聊你最喜歡的體驗，說說你喜愛的原因。真要說有什麼的話，就是展現你對這行業的熱情吧。你見面的這位志同道合的人，是基於什麼原因進入這個行業的。分享你的熱情，或許你會與對的人建立有意義的關係。做你自己。這不是面試，你看起來應該是以有天可能成為同儕或同事的樣子出現。

4. 擁抱熱情。成為社群的一員

許多熱中沉浸式敘事的同好，透過成立出聲討論小組（speaker panels）、YouTube頻道、發布評論與文章、開設podcast播客頻道、建立社群媒體帳號，他們分享的努力與熱情令人欽佩。如果你是科技或社群媒體通，這是得到業界青睞的好方法。當發展到夠多追蹤人數時，搞不好就有業界人士主動敲你門，邀請你參加特別的開幕式或活動，並請你寫深度文和真心評論。

做為網路紅人，你可以分享熱情、訪談仰慕的對象、為觀眾體驗所有最新

的景點。要進入這行業，有比當一名粉絲更好的方式嗎？如果你是學生，先從在學校或大學創一個組織開始。如果你有執導和編輯技能，就從開設自己的YouTube頻道或網路系列開始。這些都有無限的潛力。

5. 不斷學習

要在這行業當一個憧憬理想的說故事人，要投入時間學習這門工藝和這個產業。好好體驗一切，隨時做好討論的準備。當個好奇的學習者，嘗試了解創作好故事的因素是什麼。不論是什麼都有可學習之處，即便是「糟糕」的體驗也是。或許你會發現自己從糟糕的體驗學到的，比好的體驗更多。為什麼那會不管用呢？你會做什麼來改善？

再者，靈感來自四面八方。讀書、看電影、支持在地演出的藝術劇場、探索你附近的城市公園。好奇的態度會帶你走進許多有意思的小徑。

我已經從事這行業十四年之久，而且仍在不斷學習中。每次當我去到一個新的體驗，總是帶著收穫離開。我把每一次體驗都當做學習的機會，給自己不同的思考。學無止境啊。

動機與目的

　　有天我一早起床，伸手拿書。打開輕鬆的音樂，躺在床上，全神貫注在文字中。接著，我開始想著為什麼自己那麼愛看書，我明白了，因為這是我一天中少數確實存在的時刻。閱讀、寫作、瑜伽、旅遊、爬山、去博物館和體驗、看電影、玩遊戲、品嚐美食紅酒。這些活動都使我專注於當下。集中精神在一件事上，心無旁騖。

　　我們經常會紛亂。總是在需求時製造或消耗。問問自己，上回你專心做一件事是什麼時候？最近一次吃東西時不看個電視或電腦什麼的，是什麼時候？最近一次排隊時不滑手機是什麼時候？我們根本連搭電梯只上兩層樓都在滑手機。我也一樣愧疚。只要需開車超過二十分鐘，我就必須轉開有聲書或podcast。為何我們這麼急急忙忙總要做些什麼？

　　我們經常都有「做些什麼」的需求。但我們沒給大腦喘息的空間。身為人，我們需要一些無特定目的的時間，偶而無聊放空。這對人有益。有多份研究顯示，放空實際上有好處。放空能喚起我們的創造力。不僅如此，還能讓我們跟自己的思緒獨處，與自己對話。也許你的身體正試著告訴你一些訊息。也許你的心靈一直向你吶喊些什麼，但你太忙沒注意到。在一天快結束時敲下重置鍵，拋開效率，是一個好辦法。

　　如今，許多品牌、公司都在爭取我們的時間與關注，沉浸式敘事也不斷改變與擴大。因此，了解人們什麼時候來你的體驗很重要，何時會選擇關注並且前來現場。他們已然對你的體驗付出時間、金錢和關注。他們想和家人和／或朋友分享特別的體驗，一起做些什麼，創造永誌難忘的回憶。他們想與彼此建立唯獨這裡才有的聯繫。

　　這是從事沉浸式敘事的每一個人莫大的榮幸與優待。聽到孩子笑開懷、人們從刺激的飛車上驚聲尖叫、看到人們眼中歡樂驚奇的淚水——那就是我們做

這份工作的動機與目的。我們做為說故事人，要為人們的生活帶來歡樂與魔法。無論他們生活裡遇到了什麼，只要進到喜歡的主題園區、景點或體驗，就能忘卻、逃脫、好玩、在一起、開心，活在當下。

　　就在《星際大戰：銀河邊緣》（Star Wars: Galaxy's Edge）開幕前，我記得有天下午我小坐片刻，一覽整個園區。瞬時百感交集。此前，我忙得不可開交，趕著準時完成所有事情，根本沒時間停下來欣賞這片園區的辛苦付出。此時此刻，我既光榮、開心、輕鬆，突然也覺得感傷。我們打造出了不起的作品，滿心期待與全世界分享，但這也是結束。這一刻，苦樂參半。在此之前，我從未因一個專案而如此光榮。我希望在你的職涯中，也有許多這樣的時刻。儘管這個行業的壓力和挑戰之大，但看到人們對體驗的反應，這樣的回報可謂無價。

沉浸式體驗敘事的未來

　　COVID-19疫情流行期間，人們在家工作、玩樂、學習，經由遠端學習、遊戲、線上頻道、及串流平台探索周遭世界。而且出現一個趨勢，人們旅遊時傾向待在旅伴身邊，也更偏好當地旅遊。

　　人們比以往更常探察當地的遊樂場、公園、當地公司及鄰近地區，確保家人健康和安全成為首要之務。人們以自行開車安全出遊的方式冒險離家，掀起國內旅遊風潮。舉凡國家公園、海灘、登山步道、自行車道、露營地、及其他室外休閒場所，都成了熱門去處。有小孩的家庭，也更謹慎運用時間和預算，因為疫情加上氣候因素助長，去各主題樂園旅遊、計畫大旅行、外出用餐、店內購物，雖不至於做不到，但實體上、財務上的難度都更高。

　　擺脫隔離狀態後，我們看到人們熱切渴望社交、希望在實體上能再有意義的聯繫。有段時間，父母在家時過度依賴用螢幕娛樂小孩，現在這強烈復甦的渴望使父母重新帶孩子去做各種體驗，包含：在遊戲中發現、多感官探索、社會互動、以及體能運動。父母希望有好玩的短期活動與體驗，可以再跟孩子玩在一起，又不會占去他們一天中太多的時間。隨著課程表不用說很快又填滿學校活動、社會服務（social commitments）、及課後活動，家長也希望在邁入下一階段、成為過去之前，能有更多機會有完整的時間（二到三小時）相處片刻。

　　那段時間裡，我們持續量體溫、戴口罩，而且更希望是在家裡舒適地體驗事物。許多事情比在疫情前更容易在家裡做到。線上購物、宅配到家、遠距學習、在家工作、消費娛樂，甚至透過視訊聯絡情感，這些都成了常態。我們形成新的生活習慣，而且有許多人選擇保留某些習慣。以我來說，我很想保持每日散步和大量閱讀的習慣。

　　位於洛杉磯的喵狼正是在這段期間推出 Omega Mart，回應疫情的安全與

健康預防措施，改用手肘掃描裝置取代手掌感應。因應時局情勢，你會在體驗中做哪些改變或加強呢？

模糊界線

我們正在擴展想像和創新的極限……

我們確實模糊掉了參訪者在想像與現實之間的界線……

—— 巴布・艾格（Bob Iger，迪士尼執行長）[61]

我們正在見證，在人性渴望下敘事發展的無窮潛力。當觀眾愈來愈精明，選擇多到應接不暇時，他們會尋求新的方式去參與、逃離，讓自己沉浸在獨特的體驗裡。

我們不再只是透過看書、看表演／電影／電視、逛博物館、或其他活動來取樂。我們一直試圖模糊掉不同媒體之間的界線，以主動參與者來體驗一個世界或故事，甚至試著想去影響故事。就像打電玩遊戲時，我們想在安全環境下透過控制行動觀察行動的後果。即使我們想參與的程度只是探索或觀察，也希望能置身在「發生地」，讓自己能夠更沒阻礙地完全沉浸在想像中。可以在不同的世界裡成為你想成為的樣子。這是終極的夢想。

這樣的夢想或說美夢成真，源自我們對創造、分享、影響、以及與他人建立關係的巨大需求。我們很多人會使用 YouTube、臉書、Snapchat、抖音、Instagram、Linkedin、或其他形式的社群媒體做為平台，透過分享訊息、照片、影片、及內容，打造自己的形象。當我們花數小時滑訊息、追蹤好友和陌生人、創造自己的人設、向世界發布自己對世界的言論，我們正在打造一個想要住進去的世界。我們強烈渴望將現實生活延伸到虛擬世界，好讓我們有朝一日能延伸變成自己認為的或期盼的身分認同。而一個好玩又不費力的體驗，能

---

61 https://www.wral.com/galaxys-edge-is-a-star-wars-fantasy-and-what-disney-doesbest/18419230/

滿足我們去創造、影響、以及跟其他人連結的願望，最後，逃離到不同的世界裡。我們從未真正長大，從未脫離孩童時期玩扮演遊戲、想要穿不同服裝體驗當別人的感覺。

我們可以見證「元宇宙」概念還在繼續發展，在這裡頭，實體和虛擬間的界線模糊了，有一個數位／AR（擴增實境）世界對應著真實世界，或者說，我們會生活在虛實交替之中。最著名的例子即是Epic Games公司開發的遊戲《要塞英雄》（Fortnite），這個廣受喜愛的多人玩家生存遊戲，全球約莫有二‧五億人在玩。這遊戲的玩家們在2019年參加一場虛擬演唱會，一次可有一百個人一起互動。看起來好像不多，但在這裡這是發生中的故事，或者說在這裡「故事活起來了」。

我們正看見消費者行為的巨大轉變。對年輕世代來說，開車去一個地方體驗一個故事（或是這個例子中的去看演唱會），吸引力已大不如昔。開車到朋友家接他們、卡在車陣中、找停車位、排隊等進演唱會場館、等待主秀、買天文數字貴得不像話的飲料和餐點，找到不被其他歌迷打擾的好位置站定或坐下，都已成往事。這場《要塞英雄》演場會去掉所有令人不快的缺點，讓你的享受最大化，並且百分百落實承諾的體驗內容——讓你和朋友共享一場超棒的演唱會。此後，Epic Games陸續與不同表演藝術家合作，推出一系列演場會，截至本書付梓最近一次的合作歌手是亞莉安娜‧格蘭德（Ariana Grande）[62]。

在實體現場中，模糊實體和虛擬間界線的情形同樣急速成長。我們看到了沉浸式虛擬實境體驗品牌the VOID 的流行，出現在世界各地的購物中心。可惜，the VOID 沒挺過疫情，但該公司的獨特創舉值得一提。

我體驗過三款 the VOID出品的沉浸式作品——《魔鬼剋星》（Ghostbusters: Dimensions）、《星際大戰：帝國的祕密》（Star Wars: Secrets of the Empire）、和《無敵破壞王》（Ralph Breaks the Internet）。對個子小、容易暈車、有幽閉恐懼症的我來說，這或許是最不想嘗試的，但體驗的承諾引

---

62 https://www.fortnite.com/news/fortnite-presents-the-rift-tour-featuring-ariana-grande

起我好奇。我克服穿戴厚重的頭部裝置和背心系統、還手持著爆破裝置。最棒的部分是我和朋友組成一隊一起合作。無論玩哪一個IP（智財權），我們都覺得自己就是執行任務的菁英突襲隊，背對背相互掩護、笑到不行、還互相溝通成功達成任務。在體驗尾聲，我們擺出 pose（姿勢），拍照留念這次經歷的驚險歷程。

過去多年來，國際藝術團隊teamLab成功創造多數多樣的沉浸式裝置藝術，打破自我與環境的界線。teamLab 官網上形容他們是「一群各方專家組成的跨領域團隊，包括藝術家、程式設計師、工程師、CG 動畫師、數學家、及建築師共同協作實踐，試圖航行於藝術、科學、技術與自然界的匯流點。」[63]不同於世界上為數眾多的體驗是為了提供自拍時刻打造「沉浸式藝術」，teamLab 作品的獨特之處卻是——為了「了解周圍世界」而創造藝術。他們的設計由藝術、故事、以及最重要的，由意義和目的所驅動。

一如 teamLab 創辦人豬子壽之（Toshiyuki Inoko）於《紐約時報》[64]受訪時所說：

> 透過數位科技與藝術的連結，我認為這有可能使他人的存在更正向。科技始於人性。數位的概念是要擴大人性的表達。如果那意味著相信價值體系的改變，那麼或許，這是一種信念的形式。

我們也正目睹居家擴增實境（AR）遊戲的巨大趨勢。隨著各種遊戲的推出，如任天堂 Switch 的《馬力歐賽車實況：家庭賽車場》（Mario Kart Live: Home Circuit）[65]，玩家們在玩具車上安裝鏡頭，遙控車子穿過真的硬紙板做成的大門，而且使用AR把自家的地板空間變成馬力歐卡丁賽車道。想模糊掉真實與虛幻間界線的渴望有增無減。很快地，我們就會質疑「真實」究竟是什

---

63 https://www.teamlab.art/about/

64 https://www.nytimes.com/2016/02/04/t-magazine/art/teamlab-living-digital-space-future-parks-pace-gallery-california.html

65 https://www.nintendo.com/products/detail/mario-kart-live-home-circuit-mario-set/

麼。誰說如果不能觸摸到就不存在？

除了玩家們在家玩AR遊戲外，我能想像，未來當我們回到實體場址，使用AR就能查看彈出的真實歷史、藝術、建築、以及歷史遺址或博物館裡的故事。或許，我們還可以拿自己的智慧手機，看AR原理應用在我們知道的地方。我能想像去到了賓州舊議會大廈（今稱美國獨立紀念館），拿著我的智慧手機，置身於當時、目睹《獨立宣言》的簽署過程。想像參訪中國西安的秦始皇帝陵博物館，一睹兵馬俑在AR中活過來的樣子。

我們希望可以隨時隨地、用任何想要的方式體驗故事。我們想要可以做選擇和不同的方式，新穎又便利地，與我們喜歡的世界、角色、故事融合。這種真實與虛擬世界的結合，有人稱為「混合實境」（mixed reality）或「元宇宙」（meta-verse）。讓我們更容易參與過去那些難以到達、笨重繁瑣、或成本昂貴的體驗。下決定過程中的「阻力」被大幅降低了，帶我們邁向未來沉浸式體驗的新境地。

減少「阻力」

細想，計畫去奧蘭多家庭旅遊一週要花費多少時間、精力、和財務支出。光是花時間安排航班、飯店、三餐、園區門票和其他活動，就已經夠累人了。如何幫助各家庭擬定他們的旅遊計畫、減少決定過程中的「阻力」？如何幫他們以更便利、而非獨特的方式體驗故事？

Netflix（網飛）、亞馬遜、臉書、蘋果、谷歌等公司都已成功減低我們生活中的阻力，透過朝某方向「助推」我們一把，有時甚至還幫我們做好決定。Netflixs有倒數十秒自動播放下一集的設定。亞馬遜的每樣商品都有「Buy Now」（立即購買）鍵，提供當天出貨。臉書根據你的搜尋記錄推薦廣告。蘋果設計精美的產品，操作起來直覺又好玩。谷歌為個別用戶開發精心規劃的搜尋結果。它甚至能透過分析我們的搜尋結果，推薦我們可能會喜歡的事物。

且不論道德和隱私議題，無可否認，這些公司已永久改變顧客體驗的視

角。我們已經習慣即時且輕鬆地做決定。如何從這些成功企業借鏡，使你的體驗輕鬆好上手又無法抗拒？做為說故事人，如何在創造的體驗中提供某些別人給不了的東西？如何打造一個可讓觀眾數次回流的世界？

西班牙畢爾巴的古根漢美術館、倫敦的自然歷史博物館，甚至是羅馬凡蒂岡博物館，都已採用新科技，提供三百六十度全景和虛擬的空間導覽，全都可以從你家裡舒舒服服地觀看。

Airbnb 的線上體驗有各式各樣的課程[66]，從跟義大利阿嬤學做義大利麵，到和日本和尚一起冥想。我們舒服待在家裡，就能從世界上任何地方、與任何人一起體驗任何事情。你身處何地不再重要。世界已然變更小了。

這是前所未有的，去參觀我們想都沒想過的地方變得如此簡單。我們在家中舒舒服服地，就去到世界各地參訪名勝古蹟。科技的進步也催生出許多新平台，讓我們以嶄新而獨特的方式體驗故事。這些平台變得開放、靈活、而且演變成更多故事的起始點（jumping-off points）。

更多故事的起始點

在《星際大戰：銀河邊緣傳說》第一、二部分[67]（Star Wars: Tales from the Galaxy's Edge — Parts I and II，為 ILMxLAB 與 Oculus Quest 合力打造的VR動作歷險體驗），玩家可以參觀《星際大戰：銀河邊緣》中的所有場景，探索在主題園區中看不到的其他區域。玩家會在巴圖星球上發現新的角色、故事、和場景，並且展開新的任務和冒險歷程。製作團隊在既有園區上擴大規模，創造出實體形式達不到的區域和體驗。他們試圖建立一座VR園區做為敘事平台，以及做為未來故事的起始點。

以《星際大戰：銀河邊緣》（Star Wars: Galaxy's Edge）而言，故事的發展潛力可說無邊無際，而且即使這座園區的原創團隊轉去執行其他專案了，故

---

66 https://www.airbnb.com/s/experiences/online
67 https://www.ilmxlab.com/tales/

事仍會繼續發展。如同喬治·盧卡斯，當他把原創電影像禮物一樣交付到其他人手中，未來的創作者能在他和其他星際大戰創作者的基礎上，以新穎又吸引人的方式加以擴大。細想，《曼達洛人》（The Mandalorian）如何掀起全球熱潮。原創者喬治·盧卡斯創造了如此豐富又令人折服的世界，這啟發了其他創作者，如強·法夫洛（Jon Favreau）及戴夫·費羅尼（Dave Filoni），繼而創造出其他令人記憶深刻的角色和故事。

以單一作者講述一個故事、只開發成一種媒體的時代已經過去了。做為創作者，對未來的故事和平台保持開放態度這點很重要，讓其他創作者能夠在你的世界上進一步擴展。這些平台為你的觀眾提供新的參與契機。甚或，這些新的故事能使你的體驗保有新鮮感，與新世代接軌。

我們已看到許多暢銷書、電影、電視節目如何被改編成沉浸式體驗（這些授權作品像是《星際大戰》、《侏羅紀公園》、《哈利波特》、《變形金剛》、《辛普森家庭》）。原始素材也不只源自這些媒介而已，也有來自各種精彩的敘事內容，比方說電玩遊戲。還有像是上海迪士尼樂園的《創極速光輪》（TRON Lightcycle Power Run）[68]、及日本環球影城全園區形式的《超級任天堂世界》（Super Nintendo World）[69]。創意會激發更多創意。豐富的想像世界，是啟發更多故事理想的起始點。

你的觀眾（尤其是年輕族群）不一定會區分不同平台的差別。對他們來說，那只是一個故事以不同方式的體驗。行動上可能不太一樣（用看的vs用玩的vs用乘坐的，等等），但想像世界還是同一個。你要如何以無縫接軌且令人滿意的方式，吸引你的年輕觀眾？

或許還需要十年左右，才會進入Netflix影集《黑鏡》（Black Mirror）中虛擬和實體世界真正無法辨別的境地，但這可能性遲早會發生，只是時間問題而已。你準備好了嗎？

---

68 https://www.shanghaidisneyresort.com/en/attractions/tron-lightcycle-power-run/

69 https://www.usj.co.jp/web/en/us/areas/super-nintendo-world

渴望有意義的連結

　　人都渴望建立有意義的聯繫。我們在每次與他人的互動中如此渴望著，而且在周遭世界裡如此追尋。每當與某人互動時，都希望對方能看見、聽見我們的心聲。許多人從鄰里、工作場所、學校、教會、志工團體、或其他組織裡找到連結。也有許多人還繼續尋找能讓我們做自己的地方，能與志同道合的人分享共同興趣、議題，或熱情的連結關係。他們尋求這種有意義的連結，以期更了解自己、他人、以及他們在這世界的位置。

　　當觀眾付費給一場體驗，他們希望與這個體驗世界本身、一起體驗或是周圍的人們，建立有意義的連結與情感的繫絆。這並不奇怪。觀眾熱切希望能把體驗的時刻分享給他人，能在體驗裡和他人共創回憶。我們是體驗的創作人，不該忽略之所以說故事就是要與觀眾連結，而且還要讓他們彼此聯繫起來。正是有意義連結的需求，驅使觀眾去他有歸屬感的地方尋找更多的體驗。

　　迪士尼樂園提供一個安全、有趣、恬靜的世界，在這裡，卡司成員、演員、表演者、和訪客，能以有趣又有意義的方式聯繫交流。從每一個卡司成員到每一個演員和表演者都要帶給訪客愉悅，確保每一次跟小孩或大人的互動都是特別的。我們要確保所有訪客都能被「看見」、「聽見」。這跟你遠從另一個國家飛來、還是開車經高速公路來到園區無關。而是我們向你保證，從你抵達的那一刻起，絕對會是一次有意義的連結。讓你受到充滿活力的歡迎、受到關心照顧、以笑容目送你。使每一次與迪士尼卡司成員的互動都令人忘懷、且充滿意義，或者說，我們致力於此希望做到。這是我們嘉賓一再回來園區的原因嗎？迪士尼樂園已經變成「大街道」，是所有人的故鄉，無論他們從哪裡來。這是一個親切愉快、帶有懷舊感的地方，置身其中就像在家一樣安心自在，而且能跟一群有共同價值和興趣的人們交流聯繫。

　　法國作曲家德布西（Claude Debussy）曾說：「音樂是音符與音符之間的空間。」[70]我強烈相信，迪士尼的卡司成員代表的就是這樣的空間。當訪客從

70　https://en.wikiquote.org/wiki/Claude_Debussy

一個景點到另一個景點，一整天與我們卡司成員連結下來，共創了許多微小卻神奇的時刻。有點像「check in」——「你今天過得美妙嗎？」、「有沒有我能效勞的地方？」而所有這些，都是我們確保觀眾體驗無不足之處的方式。

　　未來的體驗會充滿這些有意義的連結。現在已經是這樣了，未來只會持續增長。我們一直嘗試在我們做的每件事情中找出意義——我們的工作、個人生活、我們的朋友及家庭、社群媒體、興趣及喜好。我們很希望在實體或虛擬空間都可以與他人建立連結。挑戰是，我們如何使每個人、每一次的交流都是一次有意義的連結。你能夠幫這個忙。

分享較小的、更無接縫的體驗

　　我想像，未來會有更多觀眾想參與較親密性、客製化、且可協作的體驗。這樣的體驗可讓一個小群體在可控及策劃過的環境中，共同創作一個故事世界。各事業部門（lines of businesses）（餐飲、零售、接待、休閒與娛樂）將會混合成一個無縫、共享的體驗。這令我想起《星際大戰：銀河邊緣》（Star Wars: Galaxy's Edge）裡的手造光劍工作坊、和《哈利波特魔法世界》（The Wizarding World of Harry Potter）中的奧利凡德魔杖店，把零售與娛樂混搭成獨特且令人難忘的體驗。

　　在佛羅里達州奧蘭多的《星際大戰：銀河星際巡洋艦》（Star Wars: Galactic Starcruiser），我們有機會探索更親密、無縫銜接、相互連結的體驗。這個體驗混合好幾個事業部門，為所有參訪者或我們在體驗裡稱的「旅客」，創造一個整合一體的體驗。無論你決定在休息廳玩全像投影式無實體牌卡的霍洛-薩巴克，或是去橋上參加活動，每一個體驗都是專為小型團體設計。你決定做的事情，也會影響接下來的冒險活動。這是帶有實驗性質的體驗，觀眾在這裡能和其他「旅客」、艦隊成員（迪士尼員工），還有角色們（現場表演者），在更寬廣、相互交錯的故事線中交流聯繫。

　　試想，去參加一個大型數千人的派對，和去參加一個親密溫馨的晚餐派

對，哪一個聽起來更有吸引力？當我們處在一個比以往更需要尋求聯繫的世界時，我納悶主題式的體驗規模將來會不會縮小一些，讓觀眾有「特別」的感覺、而且能「與人連結」。

前面章節中提到我去過一個小巧精緻的體驗，叫做《威洛斯家族》（The Willows），那是一個沉浸式劇場體驗，裡頭包含了娛樂、飲品、小點心，一次最多接待十八位訪客。這個體驗明顯不是單一線性敘事，離開時，我的心裡滿是好奇，整個人興高采烈。我們所有人圍在下車的地方，討論剛剛的體驗，提出許多問題想弄清楚那一切的含意。我們因為這次親密的體驗連結起來了，至少最後那三小時是，這對我們別具意義。這次體驗一直縈繞我腦海，經常納悶那當中許多我們覺得「被看見」、「被聽見」的方式。像這樣的體驗，不太可能出現在一個多達兩百人的房間裡。

在這些較親密溫馨的體驗，觀眾會放棄鑽入人群、排隊，還有會對玩不到人氣設施的失望釋懷。有多少次我們去到一個主題樂園，卻沒法玩到真正想搭的飛車？這真令人沮喪，尤其是已經付出時間和金錢，帶著一家人或一群朋友打算歡度一整天時。

不僅如此，愈來愈多觀眾願意付較貴票價享受A+等級的優質體驗，以確保他們在離開時感到值回票價。比方說舊金山的「地下酒吧」（The Speakeasy）和洛杉磯的私人俱樂部「魔法城堡」（Magic Castle）[71]，這些地方提供會員制分層定價，顧客可以選擇更「沉浸」和更「高級」的體驗。或許未來體驗會更走向私人俱樂部的性質，像是魔法城堡，或是像私密晚宴那樣，如同我不斷從許多世界知名主廚那兒聽說的（附言：祕密主廚，如果您閱讀至此，請邀請我出席您的一場晚宴，為我解惑）。

雖然這些小型體驗的展期大多很短，但我衷心希望這能激起人們的好奇，進而探索這個領域。我個人很樂意多多參與這類親密的體驗，完全沉浸在故事世界中，並以真實的方式與他人聯繫。這種類型的體驗，可大大增加深度與對

---

[71] http://www.magiccastle.com

話。可以帶你進到自己想不到能夠這樣探索的兔子洞裡。它們能帶你去到嶄新的世界，開啟新的可能之門。我希望這些體驗能以新的方式再回歸，能夠讓我們探索跟他人之間有意義的連結，儘管只是短暫片刻。

最後同樣重要的事

最後有些事也很重要，想跟各位談談。我相信這是有志於這行的作家和說故事人都該了解的，尤其是職涯剛起步的人。在這個高要求、高回報的行業裡，想要成功必須付出很大的努力與決心。不過我想說，沒有人能單打獨鬥獨自完成。這一路來我一直得到許多良師益友與各方高手的支援，他們甚至在我還沒看見自己的潛力時，就提攜我、激勵我。

扛起最大責任、讓我能夠追求這份職業的人，沒有別人，正是我結褵十七年摯愛的丈夫。沒有他的支持，就不會有今天的我。當我不得不長時間工作、連續數日或數週旅行、參加會議和研討會，他就是確保我們家不致分崩離析的人，餐桌上總有晚餐、冰箱備貨充足，兒子的家庭作業已檢查完成。我知道，許多女性、尤其是職業婦女，未必有這樣的家庭支持。

我很幸運，生命中有一位相信我所做的、一路上支持我的伴侶。女性要在專業世界裡闖蕩並不容易，更別說這行業很多時候都要離家遠行。我要對在這一行工作的職業婦女及各位媽媽們致敬，您們在工作、家庭、個人、及社交生活中使出渾身解數，您是我的英雄。

之所以提這個，因為我們需要相互扶持。我們需要更多男性和女性支持職業婦女和媽媽。我們在工作的職業母親，總被期待為所有人打點好一切。我們大多數人回到家或關掉筆電後還不能停止工作。而是要轉做下一份差事——當一個妻子和／或母親。

社會期待女性要近乎完美和諧地兼顧家庭、工作、與社交生活。我們許多人面臨著諸多雙重標準，被要求做到荒謬可笑的高標。如果我們希望培養女兒成為未來的思想家或領袖，就不能再支持這種想法。反而，我們應該盡力支持我們生命中的女孩和女性們。

在我從事這行業的十四年多期間，我共事過的創意總監有超過九成是四十

歲以上的白人男性。剩下一成是白人女性。我從未與少數族群的女性創意總監
共事過。倒是合作過的製作人中很多都是女性，有些是有色人種，但為何沒有
更多少數族群女性擔任創意指導？這是個嚴肅的問題，而且原因太複雜了，無
法在這裡概括全貌。

我知道的是，這情形必須改變。如果我們的工作是為全球人類創造體驗，
那就需要讓有色人種女性也有成為創意領導人的機會。比起從單一角度切入，
體驗難道不該從不同角度來探索？我們要如何改變這個尷尬處境？如何給女性
帶領創意的機會，而無需她們犧牲部分的生活？如何停止要求女性達到那不可
能的雙標？

我們都需要給職業婦女更多的支持與同理心（尤其是有色人種女性）。透
過在團隊裡僱用她們，給她們時間跟家人相處，尊重她們的決定，真誠傾聽她
們的意見和掛心的事情，給予舞台，支援她們，放手讓她們作主看看，讓她們
每天能帶著真實完整的自我去工作，而不是要求她們每天去上班前，都要在家
門口自我審查盡了「母職」嗎。

我最初的寫作導師就是一位職業婦女，她還介紹其他寫作案子給我。幾年
後，我受聘加入幻想工程團隊，錄取我的是一位職業母親，和我一樣也是有色
人種。進入這份工作數年後，我受到一位有色女性的提拔。我們女性、職業父
母、及有色人種，彼此相互扶持。當我到了可以聘用作家和其他創意人時，我
也在雇用時確保兼顧多元化及包容性。就算你的身分認同不是前述這幾種，我
們也需要你盡力支持。沒有你的支持與鼓勵，我們無法建立職業生涯。

除了這些女性外，這些年來我一直擁有不少男性的支持。我記得有位創意
總監，在我剛生產後不久聘僱我進團隊。我告訴他，自己得時常哺乳和擠奶，
於是他讓我在家工作。我記得執行製作人不斷提名我，代表我所屬的創意團隊
發表成果演說。起初，我簡直嚇壞，但我告訴自己，如果他相信我，那我也該
相信自己。接著，在幾十次的成果演說後，當他（和其他人）要我代表團隊演
說時，我眼睛連眨都沒眨就答應了。

我除了是一個職業母親外，也是一名亞裔美國人，相對還「年輕」，而且

還是移民。每天，我在工作場合代表這些團體。很多時候，我是房間裡唯一一個有色人種、女性、母親、或移民。我除了在所有專案中代表故事，還代表更多更多。在工作場合的會議中，總有許多情況我必須挺身而出，為自己或其他同處境的人們發聲。甚至為了會議室裡無人代表的其他人們站出來，幫他們說話。所謂的其他人們是有色人種、LGBTQ族群、年輕世代、年長世代等等，不勝枚舉。

身為說故事人，你的文字蘊含力量。不只蘊藏在你書寫的文字裡，也在你說的話中。你溝通時的遣詞用字至為重要。你用來代表某族群的用語至為重要。有許多次我受困在艱難不舒服的狀況中，在這一點上我必須憑著膽量、勇敢發聲。

你沒說的話，就跟你說出的話一樣至關緊要。在最後，請你以你是誰、代表誰為榮。別害怕為自己或其他代表性不足的群體挺身而出。你一定也希望有天其他人也同樣為你站出來。

致謝

　　如果沒有Geraldine Overton、Ken Lee的支持和建議，這本書很可能無法面世，當然還有Michael Wiese，感謝他親自與我通話，告訴我他們已經「想做這樣一本書很久了」。謝謝您相信我的作品、給我這個平台向下一世代說故事人分享自己的所知與經歷。

　　感謝下列人士分享他們精彩的體驗作品：

- BRC Imagination Arts: Bob Rogers
- 失落釀酒廠（Lost Spirits Distillery）：Joanne Haruta
- 喵狼（Meow Wolf）：Didi Bethurum、Brian Loo、Isabel Zermani、Candyce Handley、Gus Ortega、Jena Braziel
- 侏羅紀科技博物館（Museum of Jurassic Technology）：Willa Sacharow
- Scout Productions: Jarrett Lantz
- 麥基特里克飯店劇場《夜未眠》（Sleep No More at The McKittrick Hotel）：Stephanie Geyer
- 間諜總部（Spyscape）：Lisa Paul、Francis Jago
- teamLab 公司：Michaela Kane、Sakurako Naka
- 地下酒吧（The Speakeasy）：John Hill

　　在華特迪士尼幻想工程，有許多人幫助我形塑幻想工程師的職業生涯。謝謝 Shelby Jiggetts-Tivony 與 Sarah Farmer-Earll，感謝大膽錄取我，並且在我早期擔任表演秀作家時引導我。謝謝Mark LaVine 與孫潞南（Nancy Seruto），謝

謝兩位一路以來的支持與鼓勵。謝謝喬‧羅德（Joe Rohde）與 Dave Durham，感謝給我機會分享您們的故事與學識。

還要大大感謝Jon Georges與Chris Beatty，讓我在《星際大戰：銀河邊緣》（Star Wars: Galaxy's Edge）團隊裡覺得自己是重要的一分子。打從一開始，您們就給我所需的代理權和創作權，我才能把這個專案推到新的高度。

謝謝史考特‧特羅布里吉（Scott Trowbridge），您視我為真正的創作夥伴，把撰寫《星際大戰：銀河邊緣》故事交付給我。還要謝謝協助閱讀本書初稿的 Terima Kasih，感謝您總是聽我說、帶給我靈感，讓我把目標設得更高更遠。

這本書如果若沒有迪士尼團隊的辛苦努力，協助檢核內容並支持我在公司以外的追求，這本書不可能問世。我要大大感謝Debra Kohls、John Ward、Juliana Grisales、Wendy Lefkon ，謝謝您們支持我出版這本書。

謝謝我的姐妹 Caroline Tran ，你一直是我最強的後盾和知己，陪我度過人生起落。一直以來，妳不得不忍受我瘋狂的故事、胡鬧、還有各種滑稽舉止，感謝妳總是陪在我身旁， 聽我說笑話時大笑，欣賞我的古怪行徑。如妳常說，我們一起度過的童年是給我的「訓練」，要我有朝一日有能力編寫故事，為世界帶來歡樂。謝謝妳，我人生的第一位觀眾。

最後，感謝我結褵十七年的丈夫弗斯特（Foster），謝謝一路來的陪伴。你在方方面面都是不折不扣的好伴侶。在我忙於工作之際，確保我們的生活不會解體。在我第一次申請南加大劇本寫作組藝術創作碩士（MFA）被拒絕時，你鼓勵我再申請一次。在找到撰寫工作前，是你支持我度過身心煎熬的許多工作。也是你讓我相信我可以在創作這條路上揮灑人生。你是我屹立的磐石。最後，謝謝我的兒子布萊斯（Bryce），謝謝你提醒媽媽來玩，享受當下，再忙都要擠出時間抱抱，每天都要大笑。我好愛好愛你們。

作者介紹

瑪格麗特‧凱瑞森（Margaret Kerrison）

　　印尼出生、新加坡長大，南加州大學電影藝術學院劇本寫作組藝術創作碩士（MFA）。職涯作品橫跨電視、電影、數位媒體、遊戲、品牌故事敘事、適地型娛樂（Location-Based Entertainment，LBE）、和沉浸式體驗。她擔任故事領導人、故事顧問、及作家的多種專案作品遍布全球，包括《星際大戰：銀河邊緣》（Star Wars: Galaxy's Edge）、《星際大戰：發射灣》（Star Wars: Launch Bay）、《星戰極速穿梭》（Hyperspace Mountain）、《星際大戰：銀河星際巡洋艦》（Star Wars: Galactic Starcruiser）、《復仇者聯盟園區》（Avengers Campus）、《星際異攻隊：宇宙倒帶》（Guardians of the Galaxy: Cosmic Rewind）、國家地理雜誌企業總部、NASA 甘迺迪太空中心《火星之旅：探索者招募》（Journey to Mars: Explorers Wanted）、海尼根體驗、愛茉莉太平洋集團（AMOREPACIFIC）故事花園、以及2010年上海世博信息通訊館。

　　撰寫的作品中有五部獲得西婭獎（THEA，Themed Entertainment Association）（譯注：由主題樂園協會主辦，有主題樂園界的奧斯卡獎之稱）。她出現在 Disney+ 影集《景點幕後》（Behind the Attraction）、自由電視台（Freeform television）特別節目《星際大戰：銀河邊緣——歷險正等著你》（Star Wars: Galaxy's Edge—Adventure Awaits）、以及線上教育節目「Imagineering in a Box」。經常受邀在權威研討會及各大學演講，包括西南偏南（SXSW）多媒體研討會與藝術節、星戰慶典（Star Wars Celebration）、迪士尼D23博覽會（D23 Expo）、國際遊樂園暨景點協會展覽會（IAAPA Expo）、沉浸式體驗協會（Immersive Experience Institute）、電影與媒體交流

會（FMX Conference）、南加州大學與約翰霍普斯金大學。作品刊載於全球知名媒體專題報導，如《紐約時報》、《早安美國》、《洛杉磯時報》、《每週娛樂》、《Wired 雜誌》及《星際大戰》官網。於2013至2021年擔任迪士尼幻想工程師。本書是她的首部著作。

目前，瑪格麗特與丈夫、兒子定居加州伯班克，總是期待著下一次沉浸式敘事的冒險歷程。

給說故事人的推薦書單

按英文字母順序排列

- Aristotle's Poetics for Screenwriters：Storytelling Secrets From the Greatest Mind in Western Civilization（Michael Tierno著）
- Bird by Bird：Some Instructions on Writing and Life（Anne Lamott著）
  《寫作課：一隻鳥接著一隻鳥寫就對了》（安・拉莫特著，野人出版）
- Cassandra Speaks：When Women Are the Storytellers，the Human Story Changes（Elizabeth Lesser著）
- Caste：The Origins of Our Discontents（Isabel Wilkerson著）
- Dream It！Do It！：My Half-Century Creating Disney's Magic Kingdoms（Marty Sklar著）
- Interior Chinatown（Charles Yu著）
  《內景唐人街》（Charles Yu著，新經典文化出版）
- Minor Feelings：An Asian American Reckoning（Cathy Park Hong著）
- 《史蒂芬・金談寫作》（史蒂芬・金著，商周出版）
- One Little Spark！：Mickey's Ten Commandments and The Road to Imagineering（Marty Sklar著）
- Save the Cat（Blake Snyder著）
  《先讓英雄救貓咪：你這輩子唯一需要的電影編劇指南》（布萊克・史奈德著，雲夢千里出版）
- Screenplay（Syd Field著）
  《實用電影編劇技巧》（席德・菲爾德著，遠流出版）

- Story（Robert McKee著）

　《故事的解剖：跟好萊塢編劇教父學習說故事的技藝，打造獨一無二的內容、結構與風格！》（羅伯特・麥基著，漫遊者文化出版）

- The Art of Star Wars: Galaxy's Edge（Amy Ratcliffe著）

- The Hero with a Thousand Faces（Joseph Campbell著）

　《千面英雄》（喬瑟夫・坎伯著，漫遊者文化出版）

- The Power of Myth（Joseph Campbell著）

　《神話的力量》（喬瑟夫・坎伯著，漫遊者文化出版）

國家圖書館出版品預行編目（CIP）資料

沉浸式敘事法/瑪格麗特·凱瑞森（Margaret Kerrison）著；林芷安譯
– 初版 – 臺北市：易博士文化，城邦事業股份有限公司出版：英屬蓋曼
群島商家庭傳媒股份有限公司城邦分公司發行，2024.04
　　面；公分
譯自：Immersive storytelling for real and imagined worlds : a writer's guide
ISBN 978-986-480-366-8（平裝）

1.CST：寫作法

811.1　　　　　　　　　　　　　　　　　　　113003735

DA1042
沉浸式敘事法

原 著 書 名 / IMMERSIVE STORYTELLING FOR REAL AND IMAGINED WORLDS：A Writer's Guide
作　　　者 / 瑪格麗特·凱瑞森（Margaret Kerrison）
譯　　　者 / 林芷安（初稿）、易博士編輯部
編　　　輯 / 蕭麗媛
總 編　輯 / 蕭麗媛

發 行　人 / 何飛鵬
出　　　版 / 易博士文化
　　　　　　城邦文化事業股份有限公司
　　　　　　台北市南港區昆陽街16號4樓
　　　　　　電話：(02)2500-7008　傳真：(02)2502-7676　E-mail：ct_easybooks@hmg.com.tw
發　　　行 / 英屬蓋曼群島商家庭傳媒股份有限公司城邦分公司
　　　　　　台北市南港區昆陽街16號5樓
　　　　　　書虫客服服務專線：(02)2500-7718、2500-7719
　　　　　　服務時間：週一至週五上午09:00:00-12:00；下午13:30-17:00
　　　　　　24小時傳真服務：(02)2500-1990、2500-1991
　　　　　　讀者服務信箱：service@readingclub.com.tw
　　　　　　劃撥帳號：19863813
　　　　　　戶名：書虫股份有限公司
香港發行所 / 城邦（香港）出版集團有限公司
　　　　　　香港九龍土瓜灣土瓜灣道86號順聯工業大廈6樓A室
　　　　　　電話：(852)2508-6231 傳真：(852)2578-9337 E-mail：hkcite@biznetvigator.com
馬新發行所 / 城邦（馬新）出版集團Cite(M)Sdn.Bhd.
　　　　　　41, Jalan Radin Anum, Bandar Baru Sri Petaling, 57000 Kuala Lumpur, Malaysia.
　　　　　　電話：(603)9056-3833 傳真：(603)9057-6622 Email:services@cite.my

視 覺 總 監 / 陳栩椿
美 術 編 輯 / 簡至成
封 面 構 成 / 簡至成
製 版 印 刷 / 卡樂彩色製版印刷有限公司

2024年08月13日 初版1刷
ISBN 978-986-480-366-8
定價800元　　HK$267

城邦讀書花園
www.cite.com.tw